講談社文庫

幕末物語

失蝶記

山本周五郎

講談社

幕末物語　失蝶記　目次

幕末物語

失蝶記

長州陣夜話

一

慶応《けいおう》元年（一八六五）五月、徳川家茂《いえもち》は自《みずか》ら旗下の兵を率いて長州《ちょうしゅう》再征の軍を発し、先《ま》ず総督紀伊大納言《きいだいなごん》をして芸州《げいしゅう》に牙営《がえい》を進め、毛利《もうり》家の出城佐和野《さわの》城を攻略せしめた。

城主林右馬頭《はやしうまのかみ》は善戦したが、幕軍は怒濤《どとう》の如《ごと》く殺到、六月初旬遂《つい》に佐和野城下に迫って完全に包囲陣を布《し》いた。城兵は食糧物資に困窮しつつも、包囲軍に対して城下の周囲に厳重な柵《さく》を結《ゆ》い、堀をめぐらして、山口《やまぐち》城よりの援軍来る迄《まで》は、幕軍を一歩も入れじと防備怠《おこた》らなかった。

斯《か》くて対陣月余、七月はじめの或る朝のことである――。

未《ま》だ明けきらぬ城下町は、乳色の濃い霧に閉ざされて、樹立《こだち》も屋並もひっそりと霞《かす》んでいる。――この時刻に、山伏町《やまぶしちょう》のとある古びた屋敷の庭では、さっきから頻《しき》りに凄《すさま》じい気合の声が聞えていた。

「えーイ、やっ、えーイッ」

立罩《たちこ》めた霧の中で、元気いっぱいに叫びながら、一人の娘が甲斐々々《かいがい》しく裾《すそ》をからげ、襷《たすき》汗止めをして大薙刀《なぎなた》を振っているのだ。

凛《りん》とした美しい頬《ほお》は活々《いきいき》と燃え、上背のある肉置《ししおき》の豊《ゆたか》に緊《し》まった体には、若い血潮が脈々と跳《おど》っている。——佐和野城下の郷士として聞えた名家、矢崎《やざき》家の長女で小弓《こゆみ》と云《い》う、今年二十《はたち》の娘盛りであるが、父も母も死んだあと、十一歳になる弟の棋一郎《きいちろう》を、手一つに守育《もりそだ》てている健気《けなげ》さ。然《しか》も毎日未明に起出《おきい》でて、女ながらも怠らず武道を励み、

——さすがは矢崎家の娘だ。

と評判をとった女丈夫であった。

「やあ！　えーイッ」

今朝も斯《こ》うして、熱心に稽古《けいこ》を続けていた時である。

庭の裏木戸が音もなく明いて、小具足《こぐそく》の上から陣羽織を着た若い武士が一人、すーっと内庭へ入ってきた。そして、霧をすかしながら、暫《しばら》くのあいだ、昵《じっ》とその稽古ぶりを見戍《みまも》っていたが、——やがて何事か独《ひと》り頷《うなず》きながら腰の大剣を抜く、足音を忍んで小弓の背後へ廻ると、いきなり、

「えイーッ！」

裂帛《れっぱく》の気合をかけた。

「はッ!!」

刹那《せつな》、娘は燕《つばめ》のように左へ、身を翻《ひるが》えしざま向直って大薙刀を下段に構えた。

「お美事《みごと》、お美事でござる」

若武者は大剣を納めて、微笑しながら霧の中を近づいてきた。

「まあ信次郎《しんじろう》さま」

「折角お稽古のところ、驚かせ申して済みませんでした。然し——これで拙者も安心してお別れができます」

「別れ——？」

小弓の美しい眉《まゆ》がさっと曇った。

「実は昨夜、大番頭《おおばんがしら》から命令が出て、拙者もいよいよ陣中へ詰める事になったのです。役目は北の木戸五番組の組頭、今日から任役に定《き》まったのでござる」

「まあそれは急な……」

「ひと眼会ってお別れ申上げようと、来てみると薙刀のお稽古、失礼ながら心得の程を拝見致し度《た》くなり、思わず無礼を仕《つかまつ》ったが、思いの外のお腕前にて心強く出陣が出来ます」

「いいえほんの真似事、お恥かしゅう存じます。ではあの……お急ぎでもございましょうが、ちょっとお寄り遊ばして粗茶なと召上って下さりませぬか」

「それではお縁先まで」

小弓は支度《したく》を直して家へ入った。

若武者の名は館川《たてかわ》信次郎、大番組で二百五十石《こく》を取る。小弓とは早くから親同志が許した許嫁《いいなずけ》の間柄で、去年婚礼を挙げるところだったが、卒如として起った幕府第一回の長州征戦に会し、そのまま延びて今日に及んだのであった。

二

広縁に腰を下して、待つ程もなく小弓が茶道具を運んで来る、それと一緒に弟の棋一郎も出て来た。——眼のくりくりとした、如何《いか》にも悪戯《いたずら》そうな少年である。

「館川のお兄様、お早うございます」

「や、棋一郎か」

信次郎はにっこりしながら、「貴様、姉上が早くから薙刀のお稽古をしているのに、いつまで寝坊をしていては駄目だぞ」

「だって僕はいつもお姉さまの済んだ後でするんだぜ、僕の剣術はとても筋が良いんだってさ」

「なんです、その言葉は」

小弓が強く叱《しか》った、「町家《まちや》の者の口真似をしてはなりませんと云ってあるでしょう」

「はっはっは、それみろ、姉上に叱られるではないか、それに僕などと云う事をどこで覚えた」

「皆が云ってますよ、御本城の奇兵隊ではみんな僕、僕って云うんだって、僕も大きくなったら奇兵隊に入って暴れてやるんだ、高杉晋作《たかすぎしんさく》なんか家来にしてやる」

信次郎も小弓も思わず微笑した。

是《これ》が一生の別れになるかも知れぬ、遽《あわただ》しい袂別《べいべつ》に何のもてなしも無い粗茶、小弓が心を籠《こ》めて淹《い》れる一服を静かに喫して、

「さて、棋一郎」

と信次郎は向直った。「拙者は今日から出陣と定《きま》り、北の木戸詰めとなった。おまえも知っている通り、佐和野城下は幕軍の包囲陣に孤立して、いつ決戦となるか知れぬ有様だ。今度砲火があがればとても生きて還《かえ》る事は覚束《おぼつか》ない、そこで、——改めて

申聴《もうしき》かせるが、其方《そのほう》は矢崎家を継《つ》ぐべき身上、今後ともよく姉上の言葉を守って立派な人物にならなければいかんぞ」
「はい、よく分りました」
「小弓どの、御旗をお持ち下さい」
信次郎が振返って云う、小弓は頷いて立ったが、間もなく一旒《いちりゅう》の古びた旗を取出してきた、白竜の雲を巻いて天上する相《すがた》が描いてある——信次郎はそれを片手に捧《ささ》げて、
「棋一郎、この旗を存じて居るか」
「知ってます」
少年はさすがにきっと衿《えり》を正した、「矢崎家の御先祖様が、戦場の功に依《よ》って毛利大膳大夫様《だいぜんのだいぶ》から頂戴《ちょうだい》した品です」
「そうだ、毛利家に白竜の旗ありと、関東にまで聞えた名誉ある御旗だ、其方はこの白竜を受継ぐべき重い責任のある体だぞ、それを忘れずにきっと立派な武士になれ、宜《よ》いか」
「はい、必ず偉い武士になります」
「それを聞けば最早思い残す事はない」

信次郎は旗を小弓に返すと、

「それではお別れ申す」

と腰をあげた。

「もうお立ち遊ばしますか」

小弓は微《かす》かに残り惜しげな眼をあげた、「どうぞ御武運めでたく」

「小弓どのにも御《ご》健固《けんご》で」

信次郎はひたと娘の眼を見た。小弓も無量の想《おも》いを籠めて男を見上げた。女丈夫と云われても娘である——ふっと睫《まつげ》に露が溢《あふ》れる。

「——さらば」

と云って信次郎は、強く外向くとその儘《まま》、足早に霧の中を立去って行った。——小弓は暫《しば》しその後姿を見送っていたが、やがて心を執《と》り直すと、

「棋一郎、いま館川様の仰《おお》せられた事、決して忘れてはなりませぬぞ」

「お姉さま、大丈夫です」

「私は女の身、少年ながらそなたは矢崎家の主人です、若《も》し館川様が……御戦死遊ばすようなこともあらば、私は生涯——有髪の尼となってそなたを護立《まもりた》てる覚悟、その積《つもり》でそなたも父上の子として恥かしくない武士になってお呉《く》れ、お分りですね」

「大丈夫ですとも」

棋一郎は肩をつきあげた、「お姉さまだって心配しなくても宜《よ》いですよ、館川のお兄さまが討死したら、僕がきっとお姉さまを慰めてあげますよ」

「まあ、出陣の朝に討死などと云うものではありません。さあ――」

と小弓は立上った、「御旗を納《しま》って来ますから、そなたは撃剣の支度をなさい」

「合点《がってん》です」

「またそんなことを」

小弓は睨《にら》んで、「そんな野卑《やひ》なことを云ってはなりません、何処《どこ》でそんな言葉を覚えて来るのですか」

棋一郎は困って頭を掻《か》きながら、

「も、もう大丈夫ですよ、もう云いません、あいつが、仙公《せんこう》が悪いんだ……」

半分は口の内で呟《つぶや》きながら、そこそこに庭へとび下りて行った。

三

「そら、行くぞ大弾丸《おおだま》、仏蘭西《フランス》渡りの加農《カノン》砲二十斤《きん》の強薬《つよぐすり》だ、来い――野郎」

「なにを、此方《こっち》は石火箭《いしびや》だい」

「糞《くそ》を喰《くら》え、石火箭なんか周防灘《すおうなだ》へぶっ飛ばして瘤鯛《こぶだい》の餌食《えじき》に呉《く》れてやらあ」

城下町のとある裏地で、十人ばかりの少年達が円陣をつくってやかましく喚《わめ》きたてていた。半年ほど前から流行《はや》り始めた鉄輪独楽《てつわごま》の遊びが、戦時の荒い気風に唆《そそ》られて、賭《か》け勝負を争うようになったのである。

「ざまあ見ろ」

勝負が定った、「また加農砲の勝ちだ、賭けた十文はおいらの物だぜ、へっへ」

伝法《でんぽう》に笑ったのは、悪たれ仲間の大将で仙太《せんた》という少年だった。

この群の中で、棋一郎がさっきから羨《うらや》ましそうに勝負を見ていた。姉が機織《はたおり》をして
僅《わずか》に生計を立てている暮しでは、とても鉄輪独楽を買って貰《もら》うことは出来なかった
し、まして賭け銭などある筈《はず》がない。

——僕もやってみ度《た》いなあ。

遊び度い盛りの年である、勢いよく廻る独楽、叩《たた》きつけられて飛ぶ鉄輪、ちゃらち
やらと鳴る青銭の音にも幼い胸はわくわくと躍った。

やがて勝負が終って、皆ちりぢりになった時である、例の仙太が棋一郎を認めて、

「おや、矢崎の坊ちゃん」

と声をかけた、「おめえ今日も見に来ていたのかい。どうして遊ばなかったんだ」

「だって独楽がないし……」

棋一郎は気恥かしげに、「それに、僕、賭けの銭だって持ってないもの」

そう云って歩き出した。

仙太は佐多浜《さたはま》の漁師の孤児で今年十四になる。預けられた伯父の家にも居つかず、城下町の悪童達と勝手放題に暴れ廻る悪戯小僧だったが、不思議にいつも小銭を持っていて、気前よく仲間の者を潤《うるお》すので、少年達には大きな人気と勢力をもっていた。

仙太は棋一郎の言葉に仔細らしく頷いて、

「なにしろ幕軍に包囲されているという始末だからなあ、何処《どこ》の子供だって小遣いなんか貰えねえ訳さ――だけど、独楽ぐれえ無《ね》えって法はねえ」

と勿体《もったい》ぶって云ったが、やがて歩みを止めて振返った。

「坊ちゃん、おめえに独楽や賭銭を儲《もう》けさせてやろうか」

「本当にかい？」

「本当だとも、今まで誰にも内証にしていたんだが、坊ちゃんだけに教えてやるんだ、それはな……柵《さく》の外へ薯《いも》掘りに行くんだ」

仙太はぐいと声をひそめた。

食糧物資に窮乏している佐和野城下は、畑地の底まで掘返されている状態だったが、結柵《ゆいさく》の外にはまだ荒されていない畑がある、仙太はそこへ行って薯を掘って来ると云うのだ——仙太は事々しく四辺《あたり》を見廻しながら、

「どうだ、今夜おいらと一緒に二の木戸から出ねえか。おめえにも分前《わけまえ》を遣るぜ、そうすれば独楽も買えるし賭銭も出来らあ」

「でも——」

棋一郎はこくりと唾《つば》をのんだ。「でも、柵から出れば敵に射たれやしない？」

「だから夜になって行くのさ。もう何度も試しているけど一度だって狙《ねら》われた事あねえ、それとも、おめえ幕兵が怖《こえ》えのか」

「嘘《うそ》だ、幕軍なんか怖かないや」

棋一郎は辱《はずかし》められたように肩を挙げた。仙太は狡《ず》るく笑って、

「そうだろう、坊ちゃんは武士の子だ、怖くねえに違えねえや、だから一緒に行こうぜ、今夜五ツ（八時）過ぎに大松の処《ところ》で待っていらあ、来いよ、なあ？」

「うん、行く、行くよ」

十一歳の少年に、厚輪のすばらしい独楽や豊《ゆたか》な賭銭はのっぴきならぬ誘惑だった。

棋一郎の頷くのを見て仙太は、

「だけど、こりゃ内証だぜ、誰にも云っちゃいけねえぜ、他の奴に儲けられちゃあつまらねえからな。宜《い》いか」

「うん、大丈夫だよ」

「それから木戸を脱ける時、おいら番士の人に坊ちゃんを弟だと云うからその積《つもり》で旨《うま》く頼むぜ、こいつあ大事だからな」

「いいよ、うまくやる」

棋一郎は粘る舌でようやく答えた。

四

その夜のことである。

東の柵にある『二の木戸』は五十人組の詰場であったが、今夜はどうした事か人数が眼立って多く、隠し篝火《かがりび》に映る物具揃《ぞろ》えも、ひどく殺気立って見えた。

五ツを少し廻った頃であった、木戸を守っていた番士が、闇《やみ》を縫って来る二人の少年をみつけて、

「こら、何処へ行くか」

郎である。

と呶鳴《どな》った。立止った少年の一人は仙太、一人は姉の寝た間に家を脱けて来た棋一

「荒居《あらい》の畑へ薯掘りに行くんです」

仙太が左の腕へかけた手籠《てかご》を見せた、「二三日前にも通して貰いました」

「薯掘りだ？」

「そうなんです、父さんは去年の合戦に足軽組へ加わって討死しちゃったし、母さんは病気で寝たっきりだから、食べる物もなくなって困っているんです。それで弟と一緒に薯を掘って来て、ようやく飢えを凌《しの》いで……」

仙太は腕でぐいと眼を横撫《よこな》でにした。番士も思わず誘われて、

「そうか。この戦争では城下の者ばかりでなく、我々も兵粮《ひょうろう》が乏しくなって困っているのだ。おまえ達もさぞ辛《つら》かろうな、——宜し宜し、通してやるから薯を掘って来い、だが敵軍にみつからぬようにしろよ」

「大丈夫です、もう何度も出た事があるんですから」

勇んで出ようとするのを、

「ああちょっと待て」

と番士が呼止めた、「それから今夜子《ね》の刻《こく》（零時）になると、糺《ただす》の森の敵陣へ総攻

めをかける、その為に味方の主力が此処《ここ》へ集っているから、総攻めのかからぬ内に帰って来いよ」

「子の刻に、糺の森へ総攻め……？」

仙太はそう云って、隠し篝火の彼方《かなた》へちらと怖《おそ》ろしそうな一瞥《いちべつ》をくれたが、

「分りました、大急ぎで掘って来ます」

「気をつけて行け」

番士の言葉を後に二人は柵から出た。

父は去年の戦争に討死、母は病床にあるなどと、あんな嘘を云って宜いのかしら。棋一郎は何となく気を咎《とが》められたが、黙って仙太について歩いた。

柵を出て半丁も来ると、四辺《あたり》は砲弾に抉《えぐ》られた穴や土崩れの多い荒地になった。仙太は時々身を跼《かが》めて、土塊《つちくれ》や雑草を摑《つか》み取っては手籠の中へ入れながら進む、——段々と寄手《よせて》の陣へ近くなって来た。

「何処まで行くの——？」

「黙っているんだ」

仙太は強く制した、「おいらの云う通りになってれば宜い、さあ駈《か》けよう——頭をさげて駈けるんだぜ」

そう云うと、仙太は身を跼めながらたったっと走りだした。棋一郎も見失っては大変だから続いて走ったが、四五丁ばかり行くと灌木《かんぼく》の茂みの蔭《かげ》へとび込んで、

「蹲《しやが》め蹲め、頭を出すと射たれる」

と云って棋一郎を引据えた。

二人とも息をはずませながら、灌木の蔭にじっと身をひそめている。やがて仙太は、懐中から燧石《ひうちいし》を取出して、東の方へ向けてかちかちと二三度打った。——不思議な事をすると、棋一郎が見ていると、三丁ほど先の闇へ、ちらちらと赤い火が二三度明滅した。仙太はにやりと笑って、

「上首尾と来やがった」

と立上った、「坊ちゃん、おいら直《じき》に戻って来るから此処を動かずに待っていねえよ」

「どうするの、薯を掘るんじゃないの」

「黙ってろよ、今すばらしい薯を掘って来てやるんだ、何処へも行かずに待っているんだぜ」

そういい残して、仙太は赤い火の見えた方へ小走りに走って行った。

「早く来てね——」

棋一郎はそう云いながら灌木の蔭にじっと蹲んでいたが、仙太の足音が聞えなくなると、にわかに闇が濃くなったように思われ、恐ろしい不安が体を犇々《ひしひし》と緊めつける――仙太は何をしに行ったんだろう、何の為に燧石を打ったのか？

後から後からと湧上《わきあが》ってくる疑惑と不安に迫られ、じっとしていられなくなった棋一郎は、堪《たま》らなくなって仙太の去った方へと忍び足で出掛けて行った。――二丁あまりも来た時である、闇の中に話声が聞えるので、はっと足を止め、地面へ身を伏せて前方をすかし見にすると、十間ばかり先に仙太が……一人の鎧《よろい》武者と何か話していた。

その二人の立っている二三十間先には、弾丸《たま》除《よ》けの垜《あずち》が築いてあり、篝の余光に動き廻る軍兵の姿もかすかに見える。

「幕軍の陣営だ――」

棋一郎は身慄《みぶる》いしながら呟《つぶや》いた。

五

驚くべき事はそれだけではなかった。棋一郎が聞いているとも知らず、仙太は敵方の鎧武者に向って、探り出して来た城中の模様を巨細《こさい》に内通しているのだ、——一語々々が棋一郎の耳へ針のように鋭く聞えて来る。

「それから」

と仙太は語を継いで、「今夜子の刻に、糺の森の陣地へ総攻めをかけると云って、いま東の柵へ主力が集まっていますよ」

「糺の森へ総攻め？」

鎧武者は驚いた様子で、「そうか、其《それ》は良い報知《しらせ》を持って来た。宜し——城方が主力を東の柵へ集結したとあれば、北の法輪寺口はがら空きに相違ない。では此方《こっち》から子の刻直前に手薄の法輪寺口へ不意討をかけてやろう、それでは是で別れる……さあ、褒美《ほうび》の銀《かね》だ」

「有難うございます」

「また何かあったら知せて呉れ、——」

そこ迄聞くと、棋一郎は這《は》うようにして元の場所へ戻って来た。

「大変だ、大変な事になった」

少年ながら事態の重大さは分った。不思議にいつも小銭を持っていた仙太の、薯掘りに出るとは偽り、実は幕軍の諜者《ちょうじゃ》を勤めていたのであった。

「おい、何処だ」

仙太はすぐに走って来た、「やあ居たな。早かったろう、もう用は済んだから帰ろう――そら、今夜の分前だ」

「僕は要らない」

さあと云って差出す一摑みの銭を、棋一郎はぐいと押返した。仙太は呆《あき》れて、

「どうしたんだい、坊ちゃん」

「僕は、僕は聞いたよ、おまえは幕軍の諜者をしているんじゃないか、僕は……帰ったら番士の人に話してやる」

「なんだと？」

仙太はぎらりと眼を光らせた。

「そうか。へっへっへ、聞いちゃったのか、そんなら仕方あねえ」

ふてぶてしく嘲笑《あざわら》ったが、「だがの、おめえ番士に話すなら覚悟しなくちゃならねえぜ、今夜の事ぁおめえも同志だ、木戸の番士を騙《だま》しておいらと一緒に脱けて出た、罪あひとつだ。承知だろうな？」

「だって、僕ぁ……知らずに――」

「そんな言訳が通ると思ってるのか。へ！　どうせおいらあ無頼《やくざ》の孤児だから、お仕

置になったって誰一人泣く者あ有りやしねえ。だが、おめえは落魄《おちぶ》れても矢崎様の御子息だぜ、その棋一郎様が諜者の罪で、磔刑柱《はりつけばしら》へ架けられたらさぞ評判になるだろう――第一おめえの姉さんの顔が見てえや」

少年の口から出るとは思えぬ鋭い威嚇《いかく》だった。

――武士として最も忌《い》むべき諜者の汚名、磔刑柱、姉の悲嘆……恐ろしい幻想が次々と襲いかかって、棋一郎は身動きのならぬ絶望の淵《ふち》へ叩きこまれるのを感じた。

仙太は威嚇の成功を慥《たしか》めて、

「なあ坊ちゃん」

と急に声を柔げた、「そんなつまらねえ考えは止《よ》しねえ、黙っていれば誰にも知られずに済むんだ。なあ、是《これ》だけあれば上等の独楽も買えるし、二日三日の賭銭にゃあ困らねえぜ」

「どうして……僕を伴《つ》れて来たの？」

棋一郎はそれが怨《うら》めしいと云うように泣声で訊《き》いた。

「そりゃおめえ、おいら一人じゃ番士が疑いをかけるからよ。弟伴れとなればまるで信用が違わあな……さあ取って置きねえ」

仙太は放心したような棋一郎の手へ、幾許《いくばく》かの銭を握らせると、土塊や雑草を摑み込んであった手籠を腕に、柵の方へと歩きだした。棋一郎は最早、穢《けがら》わしいと思いながらも其の銭を拒む元気もなく、仙太に跟《つ》いてとぼとぼと柵の内へ戻って来ると、——鉄砲組屋敷の角のところで仙太と別れて、そっと自分の家へ帰った。

「若し姉上が起きていたら……？」

慄《ふる》えながら裏口から忍び込む。

足音を忍ばせて、闇の中を寝間へ入ってみると、燈火は消えたままで微《かす》かに姉の寝息が聞えている。棋一郎はほっとして、そこへ慄えながら坐《すわ》って了《しま》った。

是からどうしたら宜いだろう——幼い頭の中は暴風雨のように混乱していた。自分は知らなかったとは云え、明かに味方を売ったのだ、人間として最も卑《いやし》むべき、最も卑劣なる事をして了ったのだ。あの親切な番士も、館川の兄さんも、城下の人達も——今夜敵軍のかける法輪寺口の不意討に、どんな惨虐《ざんぎやく》な蹂躙《じゆうりん》を受けるかも知れない。

「ああ困ったなあ」

少年の小さな胸には包みきれぬ不安と恐怖と悔恨に、思わず呻《うめ》き声をあげた時、

「——誰？」

不意に姉が呼んだ、「棋一郎かえ」

ぎょっとして棋一郎は跳ねあがり、自分の寝床へ潜り込もうとした。と──気が上ずっていたから物に躓《つまず》いて撞《どう》とのめる、同時に手に握っていた銭がざらざらと飛び散った。

小弓は怪しい物音に、素早く起き直って行燈《あんどん》に燈《ひ》を入れる、棋一郎が狼狽《ろうばい》して銭を掻《か》き集めようと、畳の上へ這った時──ぼうっと行燈が点《とも》った。

「どうしたのです、棋一郎」

「な、なんでも、なんでもありません」

がたがた慄えながら見返る顔は、まるで紙のように血気《ちのけ》がない、訝《おか》しい──と見戍《みまも》る小弓の眼は、きらきら光る小粒銀の金が、夥《おびただ》しく散乱しているのをみつけた。

「まあ、お金」

小弓は愕然《がくぜん》と色を喪《うしな》った、「どうしたのです棋一郎、そのお金は……」

「──お姉さま、赦《ゆる》して！」

引裂けるように、やっと泣きながら少年は姉の前へ身を投出した。

六

「僕、知らなかったんです」

棋一郎は泣きながら凡《すべ》てを告白した。

「本当に何も知らなかったのです、お姉さま。どうか堪忍《かんにん》して下さい、もう独楽もないんにも欲しくありません、これから温和《おとな》しくして立派な人になります、今度だけどうか堪忍して下さい、お姉さま！」

「おまえは、おまえは、なんということを……」

小弓は胸も潰《つぶ》れんばかりに聞いていたが、罪こそ憎けれ、悪戯ざかりの子供が玩具《おもちゃ》欲しさに過《あやま》ってした事を、今更なんと云って叱《しか》る術《すべ》があろう。――それより先に為《な》すべき事はあるのだ。

小弓は健気《けなげ》にも心を決め、次の間へ行って手早く二通の書面を認《したた》めたが、すぐに戻って来て、一通を棋一郎に渡し、

「おまえは此《こ》の手紙を持って、今から波庭村《はにわむら》の婆《ばあ》やの家へおいで」

「堪忍して下さいお姉さま」

「棋一郎」

小弓は弟の肩へ手を置いた、「おまえ本当に悪かったと思いますか」

「僕、僕、切腹しましょう……」

「お待ち、今になって切腹しても、諜者の汚名は消えません。それより其《そ》の覚悟を忘れずに再びこんな過ちをせず、婆やの里へ行ったらよく勉強して、今夜の罪を償うだけの立派な武士になるのです」

「では、堪忍して下さるんですね」

「私は堪忍してあげます。でも御先祖様はおまえが立派な人物になるまでは決して堪忍なさいません、分りますか」

「はい――」

「では其のお手紙を持って、すぐ波庭村へいらっしゃい」

「お姉さまは？」

「私は、私は――後から行きます」

是《これ》が今生の別れになる、そう思うと小弓の胸は張り裂けるように苦しかった。然《しか》し――大事な刻《とき》は迫っている、

「早くおいで、道は分っていますね」

「分ってます。お姉さまはいつ来るの？」

「棋一郎……」

小弓は思わず弟を抱き寄せたが、「後で——後ですぐ行きます。ああ提燈《ちょうちん》を」涙を隠して提燈を取出し、燈を入れて持たすと思い切りよく弟を送り出した。——見送る暇も惜しく、小弓は仏間に入って、両親の位牌《いはい》の前にぴたりと手をついた、

「お赦《ゆる》し下さいませ父上様、女手の貧しさから独楽も買ってやれず、その為にこんな過ちが出来ました。みんな小弓の至らぬ罪でござります。矢崎の家から諜者を出しました恥辱は、これから私が立派に雪《そそ》ぎますゆえ、どうぞ黄泉《よみ》より御覧遊ばして下さりませ」

生ける人に云う如《ごと》く、声涙ともに下ることしばし。やがて小弓は立上ると、手早く家内を取片付けて、納戸《なんど》から父が遺愛の鎧櫃《よろいびつ》を取出す、垢《あか》の着かぬ肌着に換え、緋色《ひいろ》の下着の上へ鎧下を着込むと、馴《な》れぬ手ながらしっかりと鎧を着け、厳重に身拒《みごしら》えをした。

女でこそあれ、日頃から武芸に錬《きた》えた上背のある体、黒髪を束ねて垂《た》れ、腹帯をきりりと緊《し》めて大薙刀を右手に、家宝白竜の旗を左手にしぼってすっくと立上がった姿は絵のような武者振り。——仏前にもう一度額《ぬか》ずいて仏壇の扉を閉すと、兜《かぶと》を衣《つけ》て行

燈の燈《ひ》を消し、そのまま小弓は家を出た、時まさに四ツ（十時）である。

足を早めて東の柵へ来る、木戸を守る番士に近寄って、男声につくり、

「一大事でござります」

と大きく呼びかけた、「子《ね》の刻糺《ただす》の森へ総攻めをかける事、仔細あって敵方に洩《も》れ聞かれました」

「なに、何と云われる」

「寄手《よせて》は、城方の本勢東の柵に集ると知り、糺の森を払って主力を集め、法輪寺口へ夜襲をかける手筈《てはず》との事、一刻も早くお手配下さるよう、お係りへお申伝え下さい」

「それは真《まこと》か」

「斯う云う内にも後れては大事、どうぞ早くお係りへ――あ、暫《しばら》く」

行こうとする番士を呼止め、「御迷惑ながらこの書面、北の木戸五番頭、館川信次郎様にお渡し下さい」

「お手前は？」

「お渡し下されば分りまする」

手紙を受けた番士が宙を飛ぶように走り去るのを、篤《とく》と見済した小弓は素早く木戸を脱け出て闇《やみ》の中へ――糺の森をめざして唯《ただ》一人、敢然と大股《おおまた》に進んで行った。

一方、番士の齎《もたら》した急報は城軍を震撼させた。なかにも北の木戸に在った信次郎は、小弓の手紙を披《ひら》くなり仰天、

「うーむ」

と思わず呻《うめ》き声をあげたのである。

美しい走り書きの文字は、弟棋一郎の犯した始末を精《くわ》しく認めて、一刻も早く敵の奇襲に備える事を乞《こ》い、――筆を改めて、

「――少年の無思慮とは申しながら、諜者の罪を犯した棋一郎、その姉とあれば罪は同じことに候《そうろう》。かかる穢《けが》れた身を以《もっ》て御許《おんもと》さまの許嫁《いいなずけ》たること思いもよらず即《すなわ》ち今宵《よい》限りお約束を辞退申上げ候。女の身の細腕ながら、これより敵陣へ斬込《きりこ》み、恥辱の万分の一を雪《そそ》いだうえ、亡《な》き父母の許へ参る所存、何卒《なにとぞ》々御許様には御武運長久にて――未練ながら、お眼もじ致さぬが何よりの心残り」

と読みも終らず、

「馬を曳《ひ》け」

と叫んで信次郎は立上る、「小弓、待て、待って呉れ」

と心の内にいいながら、番士の曳いて来た馬にとび乗りざま、信次郎は東の柵へまっしぐらに駆け去った。

七

小弓の警報は功を奏した。

城兵の主力は東の柵に集結したものとのみ信じた寄手が、主軍を移動せしめ法輪寺口へ強襲をかけようとする、その出端《でばな》へ、突如として城兵の尖鋭《せんえい》隊が不意討ちをかけた。

寄手の狼狽は云うまでもない、一刻あまりにして中央を突破され、本軍を両断されて大混乱に陥《おちい》り、此の夜の大将佐々木《ささき》信濃守《しなののかみ》は身を以《もっ》て大鷹山《おおたかやま》へ逃げのびた。然し——野山《のやま》口を固めていた勇将橋本但馬守《はしもとたじまのかみ》は、手勢を叱咤《しった》しつつ敢然《かんぜん》と攻撃し、深入りした城兵を孤立せしめて一気に勝ちを制そうと、無二無三に突進、馬上に剣をふるって、

「関東武士《わめ》の死場所ぞ、一歩も退《ひ》くな、死ねや、死ねや」

と喚き喚き奮戦した。

闇を劈《つんざ》いて閃《ひら》めく刃、槍《やり》、斬りつ、斬られつ、怒濤《どとう》の如き雄叫《おたけ》び、銃声、遠篝火《かがりび》に濛々《もうもう》と闇を塗る土埃《つちぼこり》の中で、いずれも決死の武者ここを先途《せんど》と斬結んだ。

然し、先《ま》ず虚を衝《つ》かれて陣構えの崩れた寄手の勢は、白い腕章をつけ、指揮進退全く整然とした城兵の猛撃を耐え得る筈《はず》がなく、東天ようやく白み初《そ》める頃には、橋本但馬の手勢もさんざんに斬り崩されて、遂に、

「糺の森まで退け」

と云う命令を発するに至った。

館川信次郎は五番組の組頭として、馬上に大槍をふるいつつ奮戦したが、心のうちは小弓の身を気遣う思いでいっぱいだった。——其処《そこ》で斬られはせぬか、彼処《あそこ》で討たれはせぬかと縦横に戦場を馳駆《ちく》しつつ捜し求めたが、遂にみつけ出す事が出来なかった。

ところが、明けかかる光のなかを、橋本但馬の手勢が糺の森へ退き始めた時である、先頭がまさに森口へかかった刹那《せつな》、さっと灌木の茂みの中から、一旒《いちりゅう》の旗が現われた。

「あっ——」

と驚いて見ると、音に聞こえた長州毛利家の白竜である。退却して来た但馬勢は、

「やや、糺の森も既に城兵が占領しているぞ、戻れ、戻れ」

と崩れたつ、面前へ、

と叫んで、森の中から鎧武者が一人、大薙刀を抱込《かいこ》んで立現われた。

「佐和野の住人、矢崎棋一郎」

喝然《かつぜん》と名乗って迫る。だが――白竜の旗を望んで森の中に伏勢ありと見た但馬勢は、浮足だって雪崩《なだれ》のように、

「芸州口へ逃げろ、芸州へ、芸州へ」

と先を争って敗走した。

糺の森へ退くと見えた敵兵が、にわかに混乱して芸州口へと遁走《とんそう》し始めたから、不審に思って馬上に伸び上がった信次郎――未明の森に朝風を受けて白竜一旗、翩翻《へんぽん》と翻《ひるが》えるのを見る。

「おお白竜の旗」

狂気して鞍《くら》を打つ、「小弓がいた」

喚くとそのまま、馬腹を蹴《け》って、だーっと、宙を飛ぶ如く、真一文字に駆って行った。

小弓は逃げ行く敵兵の殿《しんが》りの群へ、まさに必死の斬死にをかけようと、呼びかけ呼びかけ追い討ちに出る。一騎と見て、殿りの兵の五六名が立戻って、

「見参――」

「青武者の痩《や》せ腕、討って取れ」

と取巻いた。小弓は薙刀を執り直し、

「いざ参れ！」

とばかり斬り込んだ。

敗軍とは云え敵も名だたる関東武者、左右前後から犇々《ひしひし》と取詰めて、一挙に討って取ろうとする、小弓は薙刀の秘術を尽して、先ず一人の高腿《たかもも》を斬放す、

「うぬ、洒落《しやれ》た事を——」

と右の武者の突き出す槍、ひっ外して真向をさっと払う。刹那、鋭く返して脇壺《わきつぼ》の具足はずれを強《したた》かに薙ぎ放した。

「ひー！」

悲鳴をあげて二人めが倒れる。ところへ引返して来た殿り兵の一人が、

「退け退け」

と叫んで銃をぴたりとつけた、「手間どっては面倒、拙者が一発で仕止める」

「卑怯《ひきよう》！」

小弓が歯嚙《はが》みをして跳び退《の》いた、敵兵は銃を狙《ねら》い定めて引金に指をかけようとする、——とたんに風を切って跳び来たった大槍一筋、まさに引金を落そうとした敵兵

の、高胸、具足はずれへぐさっ、とばかり突刺さった。

「ぎゃ――っ」

だあん！　弾丸は空へ飛んで、血煙をあげながら倒れる銃兵。

意外な出来事に、思わず振返ると、馬を煽《あお》って来た信次郎、馬上の投槍に危機を救った勢いに乗じて、大剣を抜放ちながら、

「己《おの》れ、一人も遁《にが》さんぞ」

と殺到した。

思わぬ助勢に敵兵はどっと逃足を誘われたが、それと見て殿りの銃隊が十五六人、ばらばらと引返して来る、――その前面へ、小弓が敢然と突進した、此処で死のう！　と云う決死の容子《ようす》、

「危い！　待たれい」

信次郎は馬を近寄せて、「此の上の死に急ぎは乱心でござるぞ、退かれい！」

と呶鳴りざま、金剛力《こんごうりき》に小弓の体を引寄せる、藻掻《もが》くのを抑えつけて、鞍の前壺へかき乗せると、素早く馬首を回した。

だだだーん!!

遠木魂《とおこだま》して轟《とどろ》く銃声、びゅ！　びゅん!!　と左右をかすめる弾丸。信次郎は馬腹を

蹴ってだーと駈けだした。再び、三度《みたび》、銃声は二人を追ったが、弾丸は左右に外れて一発も当らなかった。

まっしぐらに紀の森へ馬を乗入れた信次郎、最早大丈夫と見て、孤《ひと》り朝風に翻えっている白竜の旗の下へ馬を停める、先ずひらりと自ら馬を下りて、同乗の相手をも援《たす》け下す。

「小弓どの……」

と手を差出した。

小弓は静かに兜を脱《と》る、しっとり汗を帯びて、血気輝くばかりの面《おもて》を振仰ぐと、張切った弓弦の切れるように、

「信次郎さま」

と叫びながら、男のひろげた腕の中へ、崩れるように凭《もた》れかかった。

信次郎は力任せに引緊めた、小弓は男の胸へ頬をすりつけながら、つきあげて来る悦《よろこ》びに声を顫《ふる》わせながら欷《すすりな》いた。最早なんの言葉ぞ、――二人は無言のまま、犇々《ひしひし》と互いに抱緊めたまま、暫くは火のような愉悦にひたっていた。

「小弓どの」

信次郎がやがて云った、「昨夜のお手紙、あれはお返し申しますぞ」

「――はい」

「棋一郎の罪は立派に償われた。見られい、佐和野城外、今は幕軍の一兵も留めぬ大勝利でござる」

信次郎の指さす方を、振返った小弓の眼に、燦《さん》として佐和野城の天守の上へさし昇る旭日の光が映った。


弟の罪は償われた、矢崎家の汚名は雪《そそ》がれた。明るく活々《いきいき》と甦《よみがえ》る小弓の耳へ、遠雷のような勝鬨《かちどき》の声が聞えて来る――さ霧たちこむる森の中に、白竜一旗、誇らかにひらめいていた。

米の武士道

裏富士の春

一

「旦那《だんな》さま、旦那さま！」

とりみだした声で叫びながら、ひとりの老爺《ろうや》が土蔵の裏から庭のほうへとびこんで来た。広縁で雛《ひな》の箱をあけていたお千代は、ぎょっとしながら立ちあがって、

「美富《みとみ》の弥平《やへい》さん、どうなさいました」

「ああ、お千代《ちよ》さまか、旦那さまをお呼び申してくださいまし、大変でございます」

「父《とと》さまは富竹《とみたけ》へ行っていますが」

「富竹……はあそれは困ったことだぞ」

老人は流れる汗を拭《ふ》こうともせず、肩で息をしながら、すぐ駈《か》けだしそうにした。

「お待ちなさいまし弥平さん、急用ならうちの太助《たすけ》を迎えにやります、なにか間違い

ごとでもあったんですか」

「間違いどころではございません。いま石和《いさわ》の代官所から郡代の料治《りようじ》さまがおいでなさいまして、美富から秋山《あきやま》の村じゅう、百姓という百姓の蔵をあけ、持ち米ぜんぶお取上げということで、えらい騒動でございます」

お千代はびっくりして声をあげた。

「お百姓の蔵からお米を？……それは料治さまがご自分でおっしゃるんですか」

「そうでございます、料治さまが先頭に立って、抜身の槍《やり》を持った足軽《あしがる》十人、大八車二十輛《りよう》を引いて、いま村を廻《まわ》っているところでございます」

「……あたし行ってみましょう」

お千代は襷《たすき》をはずしながら、いましも土蔵から雛を運びだして来たお梅《うめ》をふりかえって、

「ばあや、あたしちょっと美富まで行って来るからね、おまえにここをたのみますよ」

「はい、でもお嬢さま」

「心配することはないわ、きっとなにかわけがあるのでしょう、あたしが料治さまによく訊《き》いてみます。父さまがお帰りになっても、黙っていておくれ、たのみますよ」

「はい、ではどうぞお気をつけて」

お千代は腰紐《こしひも》をきゅっと締め直して、弥平老人といっしょに屋敷を出て行った。

桃の節句にあと四五日、春の空はよく晴れあがって、東南の山なみのかなたにくっきりと描いたように美しく裏富士が見えている、麦の伸びた畑地のそこ此処《ここ》に、緋色《ひいろ》の桃がほころび始めて藪《やぶ》のなかではのどかに老鶯《ろうおう》の笹鳴《ささな》きが聞えていた。山も野も、森も林もやわらかい春の陽《ひ》にうっとりと眠っているような真昼のひととき、そのじまをやぶって、米俵を山と積んだ大八車が、轍《わだち》の音もけたたましく、美富の村道を石和のほうへと走っていた。

「ごらんなされませ、あのとおりでござります」

「まあ……」

「わたし共は、どうやら料治さまを見損っていたようでござりますぞ」

走りながら、弥平老人は忿怒《ふんぬ》の声をあげた。お千代は胸がふるえた。そんな筈《はず》はない、あのかたに限ってそんな筈はない。現におのれの眼《め》で見たものを否定するように、そう呟《つぶや》きながらお千代は老人を急《せ》きたてて走った。

美富村の用水堀《ようすいぼり》を前にして、久保田《くぼた》という名主の屋敷がある、その表に大勢村人たちが集っていた、老人も若者も、女も子供も、不安そうに屋敷の中を覗《のぞ》きながら、みんな蒼《あお》い顔をしてひそひそとなにか囁《ささや》き交《か》わしている。

「ごめんなさい、通して貰《もら》いますよ」

お千代は人垣《ひとがき》をかきわけて、屋敷のなかへはいって行った。しかし前庭までゆかないうちに、彼女はあっと云《い》って足をとめた。

父がいるのだ、父の五郎右衛門《ごろうえもん》が、すでにそこへ来ていた。いま駈けつけたところとみえて、荒々しく肩で息をしながら、土蔵の戸前に立ち塞《ふさ》がって叫んでいるのだ。

「なりません、なりませんぞ。いかに御郡代とはいいながら、五ヶ村《ごむら》名代名主のわたくしに一言のご相談もなく、かようなことをなさるという法はござりません」

「そうだそうだ、こんな無法なことがあるものか」

「名主どの一歩も動かっしゃるな、みんな死なばもろともだ」

庭へ詰めかけていた村人たちが、五郎右衛門の言葉にわっと喚声をあげた。

「騒がしい、しずまれ」

若き郡代料治新兵衛《しんべえ》は大喝《だいかつ》した。彼のまわりには十人の足軽がいて、ぎらぎらと光る真槍《しんそう》の穂先をならべ、すわと云えば突きまくらんと身構えをしていた。

「拙者は甲府《こうふ》城郡代として来ている。美富、諏訪《すわ》、英《はなぶさ》、一ノ宮《いちみや》、日下部《くさかべ》、以上五ヶ村にある持ち米は、ぜんぶ石和の社倉へ積み入れることになったのだ、代官所の達令だ、騒ぐ者は重きお咎《とが》めを受けると思え、またこれを拒む者、邪魔をする者は容赦なく突き伏せるぞ」

「その理合《りあい》をお聞かせください」

五郎右衛門は、拳《こぶし》をふるわせて叫んだ。

「百姓の持ち米を社倉へ入れてどうなさるのです、なんのために社倉へ入れるのです、持ち米がぜんぶお取上げになったら、百姓はなにを食って生きてゆけばよいのです」

「問答無用、そこ退《の》け！」

新兵衛は、一歩大きく踏みだした。

二

五郎右衛門は、白髪《しらが》まじりの髪の毛をふるわせながら、はげしく頭を振った。

「退きません、その理合を伺う迄《まで》は一歩も退きませんぞ」

「そうか、では仕方がない」

新兵衛はきゅっと唇《くちびる》をひき結ぶと、ふりかえってさっと手を挙げた。真槍の穂先をならべていた足軽たちは、それを見るなりおっと鬨《とき》をつくって五郎右衛門に迫った。その刹那《せつな》であった。つぶてのように走《は》せつけたお千代が、

「ああ！　待ってくださいまし」

と叫びながら、すばやく父親の前へ立ち塞がった。

「父はわたくしが申し訓《さと》します、どうか乱暴はなさらないでくださいまし。父さまお願いです、どうかお千代を可哀《かわい》そうだと思って」

「はなせ、わしは五ヶ村の名代だ」

「でも父さまは殺されます」

「旦那さま！」

あとから追いついて来たのだろう、下男の太助がとびだして、お千代とともにしっかりと五郎右衛門を抱き止めた。

「ここであなたがお死になすっても、五ヶ村が助かるわけではございません。あとのことはみんなで相談するとして、ともかくもあちらへおいでなさいまし。おーい、みんな手を貸してくれろ」

久保田の下男たちもとんで来た。五郎右衛門はなおも懸命に踏み止《とど》まろうとしたが、血気の若者たちに押えられてどうしようもなく、ずるずると向うへ引摺《ひきず》られて行

った……。

新兵衛は顔の筋も動かさず、

「よし米を運び出せ」

としずかに命じた。

お千代は、身をふるわせながら見ていた。足軽たちはどしどし蔵の戸前をあけ、米俵を運びだしては車へと積みあげる。積み終った車はすぐに表へと曳《ひ》きだされて行った。

「一俵も残してはならんぞ、手間どって刻《とき》を過した、早くしろ」

新兵衛は、断乎《だんこ》たる口調で命じていた。

七十俵あまりの米俵が、たちまちのうちに積みだされた。そしてぜんぶの俵数を書いた郡代手形を渡すと、新兵衛は部下を促して大股《おおまた》に屋敷を出て行った。村人たちは茫然《ぼうぜん》としてそれを見送った、蒼い顔に憎悪《ぞうお》の眼を光らせていたが、もう誰も声をあげる者はなかった。

お千代は、彼等のあとを追った。

忿《いか》りと、疑いとが、彼女の小さな胸を緊《し》めつけ、かき紊《みだ》した。新兵衛は大股に、車と足軽の列のうしろをあるいて行く、背丈の高くたくましいその肩つきが、いまお千代にはまるで見知らぬ人のようにみえる。

「料治さま、お待ちくださいまし」

土橋の袂《たもと》まで来たとき、お千代は足をはやめて追いつきながら呼びかけた。新兵衛は足を停《と》めてふりかえった。

「……なにかご用ですか」

「あなたは、あなたは」

お千代の声は哀れなほどふるえた。

「わたくしの父を、いま殺そうとなさいました」

「そうです」

新兵衛は娘の火のようにはげしい眸子《ひとみ》を、正面にかっちと受け止めてうなずいた。

「拙者は石和郡代として、役目の命ずる所に従ったまでです」

「では、本当に父を殺すおつもりだったのですか、お百姓たちから大切なお米を取り上げたうえ、そんな非道なことをなさるおつもりだったのですか」

「拙者は役目の命ずるところに従ったまでです。料治新兵衛が石和の郡代である以上、郡民は料治新兵衛の命にそむくことを許しません！」

「千代は、郡代としてのあなたに申上げているのではございません」

お千代は、哀訴するように云った。

「父がお好きな料治さま、きょうまで千代がお信じ申していた料治さまに申上げているのです、本当のことをお聞かせくださいまし。お百姓たちのお米を社倉へお取り上げになるのはどういうわけでございますか、あなたは本心から父を殺そうとなすったのですか」

新兵衛はきっと娘の眼をみつめて、

「……お千代どの」

低く力のある声で云った。

「あなたはいま、この新兵衛を信じていたと云いましたね」

「はい申しました」

「拙者を信じながら、拙者のすることが信じられないのですか」

お千代は、膝《ひざ》がかくっとなるような感動に襲われた。返事ができなかった、新兵衛はなおも娘の眼をつよくみつめていたが、

「人を信ずるということは軽率ではない筈だ、あなたにとって、いま拙者のしていることが疑わしいのなら、拙者を信じていたというあなたの眼は狂っていたのだ、ただそれだけのことですよ」

「…………」

お千代はものも云えずに立竦《たちすく》んでいた。新兵衛は軽く目礼したまま、車のあとを追って去った。

甲府籠城《ろうじょう》

一

事は迅速に、しかも断乎としておこなわれた。石和郡代の支配下にある農家の貯蔵米は、片はしから運びだされて社倉へ納められ、三日目にはどこの蔵にも一俵の米も残ってはいなかった。

「ああ見損った、あの人間だけは見損った」

五郎右衛門は忿怒にふるえながら、われとわが不明を恥じて罵《のの》りたてた。

「甲府のお城がどうなろうと、郡代だけはわれわれの味方だと思っていた、あの男だけは無道なまねはすまいと信じていた。わしは馬鹿者《ばかもの》だ、盲人だ、あのような人間とは夢にも知らず、娘を嫁にやろうとまで考えていた、この眼は節穴も同然だった」

五郎右衛門は、心から新兵衛が好きだった。料治新兵衛が郡代に赴任して来てから、四年にしかならない。彼はまだ若く、二十五歳になったばかりだったが、果断と明敏な手腕を存分にふるい、たちまち郡内の治績をすばらしくあげた。しかもその治法がすべて官に薄く郡民に厚く、第一に農村の繁栄を土台としていたから、ひとり五郎右衛門だけでなく、支配下にある民たちは『名郡代』として心から信頼していたのである。

時勢は奔湍《ほんたん》のような転変のもとにあった。その前年、すなわち慶応《けいおう》三年（一八六七）十月、徳川慶喜《よしのぶ》が大政を奉還し、大政が朝廷に復してから、天下は御一新のよろこびを迎えたと思う間もなく、鳥羽伏見《とばふしみ》の戦《たたかい》が起って慶喜は追捕使《ついぶし》を受ける身上となり、諸代諸侯は徳川家のために、鉾《ほこ》を執って起《た》つという評判が縦横に飛んだ。

甲府城には堀田相模守《ほったさがみのかみ》が城代として赴任する筈だったが、江戸へのがれた慶喜は寛永寺《かんえいじ》にはいって謹慎し、政権はすでに朝廷に復しているので、城代という役目が執《と》れないというのを理由に、まだ甲府へは来ていなかった。

征東軍はすでに甲信《こうしん》の国境へ迫っている、領民たちはまだ和戦いずれともわから

ず、

——お城では合戦《かっせん》のつもりらしい。

——いや、将軍家のおぼしめしどおり、おとなしく城を明渡すそうだ。

そんな噂《うわさ》に、一喜一憂をくりかえしていた。すると二月下旬にはいって、急に甲府城から附近の農村へ手配があり、農民の貯蔵米を『兵糧《ひょうろう》』として片はしから借り上げをはじめた。

——市川《いちかわ》の郡代で米のお借上げがはじまったぞ。

——何々村へもお借上げが来た。昨日はどこの村へ行った。

そういう飛報が、村から村へと伝わった。けれども石和郡代の支配下にある人々は、料治新兵衛が自分たちの味方だと信じていた、自分たちに餓死をさせるような、無慈悲なことはしないものと信じきっていたのである。

それがみごとに裏切られた。料治新兵衛はなんの前触れもなく、真槍をひっさげて村々にあらわれ、拒むすきもあたえず、電光石火のすばやさでさっと貯蔵米をひきあげてしまったのだ。五郎右衛門の怒は誰よりもはげしかった、彼は新兵衛の人柄《ひとがら》にすっかり惚《ほ》れこんで、娘のお千代を娶《めと》って貰おうと、すでに縁談をすすめていたくらいである。

「わしは自分が愚者だったために、五ヶ村の人たちにとんでもない不運をあたえた、あんな人間だと知っていたら、早く米をよそへ移す手配をしたものを、残念だ」

彼は自分の馬鹿さを責め、郡代の無道を罵《のの》しりつづけた。

お千代の心は宙に迷っていた。新兵衛のやりかたは、たしかに無法である。まったく日頃《ひごろ》の人柄に似合わないやりかたの無法さについては、なんとも弁護の余地がない。しかしお千代の耳にはまざまざと新兵衛の一言が刻みつけられていた。

——拙者を信じながら、拙者のすることが信じられないのですか。

新兵衛を信じ、いや愛してさえいたお千代にとって、この一言は骨髄に徹する意味をもっていた。

あの日から三日、新兵衛の手で村々から貯蔵米がどしどし社倉へ運び去られるのを見ながら、彼女の心は怒濤《どとう》に揉《も》まれる木の葉のように、信頼と疑惧《ぎく》とのあいだをさ迷っていた。

かくて、三月一日の朝のことだった。

美富と日下部から名主年寄が息せき切って駈《か》けつけ、甲府城の手代《てだい》衆が、『貯蔵米お借上げ』という触れを持って、いま村々を廻《まわ》っているということを知らせた。

「それはどういうわけだ」

五郎右衛門もおどろいた。

「貯蔵米は、ぜんぶ石和の社倉へ運ばれてしまったではないか」

「だからそのとおり答えたのだ、すると手代衆はうろんと思ったものか、一軒一軒蔵を開かせて見廻っている、もう間もなくここへも来るにちがいない」

「待て、……ちょっと待て」

五郎右衛門は、急に膝《ひざ》をのりだした。

「是《これ》はうまいぞ、石和の郡代はお城の触れをさし越して米を取上げたのだ、郡代へはまだ命令が来ていないのに、料治新兵衛が独《ひと》り合点《がてん》でやったのだ。よし……お城から手代衆が来たのを幸い、わしが郡代にひと泡《あわ》ふかせてやろう」

「なにか妙案があるか」

「やってみる、手代衆のいるところへ案内してくれ」

五郎右衛門は卒然と立った。

二

石和の代官所の地続きに、七戸前のすばらしく大きな土蔵が建っている、それが

『社倉』であった。

社倉は備荒貯蔵米を納めて置く倉庫で、天明《てんめい》七年（一七八七）の大饑饉《だいききん》のあとを受け、領内の富豪の捐金《えんきん》と、幕府の補助とをもって造営され、甲府城中にも清水曲輪《しみずくるわ》に建てられていた。つまり凶荒変災に備えたるもので、よほどのことがないと手をつけることはゆるされない。

村々から運んで来た夥《おびただ》しい米を、料治新兵衛はこの社倉へ納め、戸前を閉したうえ、いま目塗りまでし終ったところであった。

「すっかり終ったか」

「はい終りました」

「手ぬかりはないだろうな」

新兵衛は、倉の周囲を入念に見て廻った。

「村かたの者はだいぶ気が荒くなっている、火をかけて焼いてしまえと云う者さえあるそうだ、その用心にぬかりがあってはならんぞ」

「水の手の用意も、決してぬかりはございません」

「よしよし、ではみんな休むがよい」

連日やすむ間もない激しい労働で、みんなくたくただった。新兵衛もようやく重荷

をおろした感じで、ひと息いれようとしているところへ、下役の者がとんで来て、

「城下から与力《よりき》衆がおみえです」

と知らせた。新兵衛は期していたものの如《ごと》く、

「みえたか、よしすぐ会おう」

「こちらへおとおし申しましょうか」

「いや自分でまいる」

新兵衛は先に立って、代官役所のほうへ戻った。

すでに黄昏《たそがれ》の色が濃く、あたりは夕靄《ゆうもや》でおぼろに霞《かす》んでいた。役所の門をはいったところに、与力山田《やまだ》権之助《ごんのすけ》と海野《うんの》伊八郎《いはちろう》の二人、なにやら声高に話していたが、新兵衛が近づいて来るのを見ると満面の笑《えみ》とともに、

「よう、料治、貴公やったな」

と元気な声で叫んだ。新兵衛はしずかに近よりながら、

「やったとは、なんのことだ」

「兵糧お借上げさ」

海野伊八郎が、こくっと頭を振った。

「われわれは朝から廻っているのだが、貴公の支配内へはいると、まるですっからか

ん、一粒も残らず積みだしたあとだという。さすがは料治新兵衛だとおどろいたところだぞ」

「実は貴公がふだん百姓びいきなのでな」

と山田権之助が、にやりとして云った。

「正面から申しては反対があろうという、隙《すき》をみて一気呵成《いっきかせい》にやれというので、きょう海野とふたり虚を衝《つ》いたわけさ、ところがさすがに締まるところは締まる、もうすつかり掠《かす》ったあとと聞いて呆《あき》れたよ」

「だが料治、気をつけぬといかんぞ」

「……なんだ」

「貴公の果断には敬服するが、百姓どもはだいぶ貴公を恨《うら》んでおる、現にさっきも五ヶ村名代の秋山《あきやま》五郎右衛門とやらいう者が、貴公の仕方を差越しであると云って訴訟しおった」

「そうか、……ふむ」

「拙者は一言のもとに叱《しか》りつけたが、うっかりすると闇夜《やみよ》に光り物がするぞ」

「……忘れないようにしよう」

新兵衛は、にこっとしてうなずいた。

「用事はそれだけか」

「いやまだ肝心なことがある」

伊八郎が、急にかたちを正して云った。

「明朝十時《よつ》、甲府城中でいくさ評定がある、刻限たがわず登城せよとのお達しだ」

「心得た」

「十時《よつ》を忘れるなよ、ではまたその席で会おう」

「料治、おもしろくなるぞ」

権之助と伊八郎はそう云って高々と笑い、会釈《えしやく》をして黄昏《たそがれ》の道を帰って行った。

その夜、新兵衛は久しぶりに風呂《ふろ》へはいり、また珍しく小酌《しようしやく》して寝所へはいったが、いつも午前六時《あけむつ》に起きるならわしをやぶって、その朝はいつまでも起きるようすがなかった。前日の話を耳にしていた家士が、心配していくたびか寝所を覗《のぞ》きに行ったけれども、彼は泰然と鼾《いびき》をかいて眠っている。

しかし七時《むつはん》を過ぎ八時《いつつ》を打っても起きないので、家士はついに我慢をきらし、

「申上げます、申上げます」

と障子《しようじ》のそとから呼び起した。

「う、う、誰だ」

飽きるほど呼んだあとで、ようやく新兵衛の寝ぼけ声がした。

「喜右衛門《きえもん》にございます」

「ああ、喜右衛門か、なんだ」

「さきほど八時《いつつ》を打ちました、ご登城なればお支度《したく》をなさいませんと、間に合わぬと存じますが」

「なに登城？……ばかな」

新兵衛はむにゃむにゃと寝ぼけ声で云った。

「登城する要はない、もう少し寝るからそっとして置いてくれ、ああいい心持だ、ううむ……」

三

甲府城から、勤士柴田監物《しばたけんもつ》が、馬をとばして来たのは正午《ここのつ》近い頃であった。附添いは太田市郎兵衛《おおたいちろうべえ》、西田武四郎《にしだたけしろう》の両人、接待部屋へとおされたが、待つこと三十分《しはんとき》あまり、やがていま起き申し候《そうろう》という眼《め》つきで新兵衛が出て来た。

「お待たせ仕《つかまつ》って失礼」

「失礼ではないぞ！」

　監物はいきなり呶声《どせい》をあげた。できるだけ我慢して、我慢の緒が切れた声だった。新兵衛はべつに愕《おどろ》くようすもなく、けろりとして座につく、その面上へ叩《たた》きつけるように、監物は口から唾液《だえき》を飛ばして喚《わめ》いた。

「今朝十時《よつ》、城中に於《おい》て軍評定のあることを忘れたか、山田、海野両名の者からそう申してあるはず、聞かぬとは云わさぬぞ」

「なるほど、……いや、なるほど」

　新兵衛は、もっともらしくうなずいた。

「そう云われてみれば、たしかに聞いたように思いますが。失礼、拙者この四五日ぶっ続けの奔走で疲れはて、珍しく寝酒を用いましたせいか、とくと失念を仕りました、もはやその評定には間に合いませんだろうか？」

「貴公まだ酔っておるのか」

「なかなかもって、もはやかくの如く正気でございます」

「よし、正気だと申すなら、城中評定のしだいを聞かせる」

　監物はかたちを正して云った。

「先般、将軍家には大政奉還あらせられ、朝廷に対し奉《たてまつ》りひたすら恭順のまことを致すといえども、薩長土《さっちょうど》その間にあってことを彎曲《わんきょく》し、ついに追捕使を遣わさるの御悲運におちいらせたまう。われら徳川譜代の臣として君の冤《えん》を看過しがたく、あえて正邪を闕下《けっか》に奏上し奉らんと欲す、……よいか」

監物はいい、はたと膝《ひざ》を打ってつづけた。

「この意味を以《もっ》て、われら甲府勤番の士は、新撰組近藤勇《こんどういさみ》どのの兵を城へ迎え、籠城《ろうじょう》し、東征軍と決戦することに決したのだ」

「ほう、近藤さんが来られますか」

「到着は両三日うちであろう、こちらとはすでに固く連絡がついておるのだ」

鳥羽伏見の戦で傷ついた近藤勇は、慶喜に迫って一戦を慫慂《しょうよう》したが、すでに恭順の意かたき慶喜は、寛永寺にひきこもって動かない。それで甲府城の勤士柴田監物、保々忠太郎《ほぼちゅうたろう》らと計《はか》って決戦の策をたて、自分は大久保大和《やまと》と変名して、すでに隊士を率いて甲斐《かい》へと発向していたのである。

「拙者がここまで馬をとばして来たのは、ついさっき韮崎《にらさき》の番所から急使があって、土州《どしゅう》藩の先鋒隊《せんぽうたい》が小淵沢《こぶちざわ》を越えたという情報を持って来た。戦備は急を要する、ついては貴公の預る社倉米をすぐ城へ移して貰《もら》いたいのだ」

「それはまたなぜです」

「むろん籠城に備えるためだ。またここに置いては敵の兵糧に遣われるからだ」

「城外の近村へお借上げを命じた米が、じゅうぶんにお城へはいっているのではありませんか、そうむやみに積込んでも、食糧あまって兵足らずではしようがないでしょう」

「わけのわからぬことを云う」

監物は苛々《いらいら》しながら、

「つまり、貴公は社倉米を城へ移すことに反対なのか」

「反対もくそもないですよ、社倉というものはなりたちが違うのです。むろんご存じだろうが、これは領民たちのための備荒貯蔵で、城兵の兵糧につかうべき性質のものでありません」

「なに！……貴公、それは本気でいうのか」

「本気ですとも」

新兵衛は、にやりともせずに云った。監物にとっては夢想だもせぬ一言である。嚇《かっ》と怒りがこみあげて来た、しかし監物は辛くもそれを抑えつけて、

「なるほど、社倉本来のなりたちはそうかも知れぬ、しかし今はまったく非常の場合だ、甲府城の運命を賭《と》する必死の場合だぞ、甲府城の運命はすなわち領民の運命だ、

かかる時には社倉もお役にたつのが当然ではないか」

「おっしゃることはよくわかりました、それでもういちど申上げますが」

と新兵衛はしずかに云った。

「料治新兵衛は、甲府城代の命で石和郡代を勤めています。郡代として社倉を護《まも》るのは、拙者の責任です」

「では、城代副事として拙者が命ずる、社倉米をすぐに城へ移すがよい」

「郡代への命令は、城代直々《じきじき》に限ります」

「ではどうしてもならんと云うのだな」

「そうです」

「い、はっしと膝を打って監物が立った、彼は忿怒《ふんぬ》の眼で新兵衛をねめおろし、ぶるぶると拳《こぶし》をうち振りながら叫んだ。

「重代恩顧の城を捨てても、片々たる社倉の掟《おきて》を固執するのが貴公の武道か、それが幕臣としての道だと思うか、貴公それで腰の刀に恥じぬか」

「柴田さん帰りましょう」

西田武四郎が、憤然と促した。

「なにを云っても無駄《むだ》です、口でわからぬやつは実力で教えるのが一番、帰って手配をするほうが早いでしょう、ゆこう市郎兵衛」

三人は席を蹴立《けた》てて去った。

国の稔《みの》り

一

「父《とと》さま、父さま」

息をせいて走《は》せつけたお千代が、そう叫びながら父の居間の襖《ふすま》をあけると、そこには五ヶ村の名主たちが集って、なにか密談をしていたらしい、ぴたりと口をつぐんでふりかえった。

「来てはいけない、出ろ、お千代」

「いいえ、いいえ！」

お千代はつよく頭を振りながら、つかつかと部屋の中へはいって、

「みなさまの御相談にも関わりのあることです、父さま、千代は代官所へ行ってまいりました」

「なに代官所へ行った？　それは」

「申しわけのないことですけれど、お城の手代衆へ料治さまを訴えて、ひと泡ふかせるとおっしゃったのを聞き、どうなったか気懸《きがか》りでとてもじっとしてはいられなかったのです」

「お千代！　おまえそれは本当か」

「本当です、でもお聞きくださいまし」

お千代は、父の言葉をさえぎっていった。

「千代がまいったとき、ちょうど役所へお城からお使者が来ておいででした。聞いてみますと社倉の米のことなんです。お使者のおっしゃるには、土佐《とさ》の先鋒軍が寄せて来るので、籠城はまぬがれないから、すぐ貯蔵米を城へ移すようにとのことでした」

「そうなることと思った」

「やはり昨夜のうちに押してゆくべきだった」

五人の名主たちが囁《ささや》き交わすのを、

「お待ちくださいまし」

と、お千代は制してつづけた、

「お使者はすぐに米を運べとおっしゃいました、すると料治さまはきっぱりお断わりになったのです」

「え、え？　断わったと？」

「お断わりになったのです、料治さまは社倉のなりたちをご説明なさいました。社倉の米は領民の為《ため》の備荒貯蔵で兵糧《ひょうろう》にするものとは性質が違うとはっきりおっしゃいました」

名主たちは唖然《あぜん》と顔を見合せた。

お千代は感動にふるえる声で、

「父さま、わたくしたちは間違っていたのです、おわかりにならないでしょうか、料治さまが五ヶ村の米を取上げたのは、社倉へ集めて、そこで護《まも》るためだったのです。米が五ヶ村ちりぢりにあっては護りとおすことが困難です、まして無力なお百姓たちが持っていては、お城からお借上げに来られた場合どうにもできません。料治さまはそれを見越して、ぜんぶを社倉へ積込んでしまったのです」

「そう云えば、昨日お城から手代衆がお借上げに廻《まわ》って来たそうだ、郡代さまが取上げなくとも、昨日はお借上げになるところだった」

名主たちは坐《すわ》り直した。

五郎右衛門は膝をすすめながら念を押した。

「お千代、いまの話に偽りはあるまいな」

「嘘《うそ》でない証拠に、みなさまのお力を借りに帰ったのです、父さま」

お千代は息もつかずに云った。

「料治さまがお断わりになったので、お使者たちはすっかり怒り、どうやら城へ戻って人数を集めて来るようすでした」

「腕ずくで社倉をあけようと云うのか」

「はっきりそう申して行きました。父さま、郡代役所では僅《わず》かな人数で社倉を護ろうとしています。わたくしたち黙って見ていてよいのでしょうか」

名主たちは、五郎右衛門を見た。郡代の本心がはじめてわかり、その危急が目前に迫っている、しかも郡代の危急は五ヶ村の米を護るためのものだ。

五郎右衛門はくっと面《おもて》をあげた。

「みなの衆、いまお聞きのとおりだ、すぐに村へ帰って若い者を集めてくださらぬか」

「よいとも、若い者には限るまい」

「そうだ！　足腰の利《き》く者はみんな出て、郡代のお味方をするだろう」

名主たちは、一斉《いっせい》に立ちあがった。

「しかし騒ぎ立ててはいけない、武器も持ってはならぬ、眼立たぬようにわしの家へ集めて貰いたい、刻限は暮れ六時《むつ》だ」

「承知した、では六時《むつ》までに必ず……」

勇みたって行く名主たちを、見送る五郎右衛門の顔は明るく晴れあがっていた。お千代はそれを、泣きたいような幸福感でじっとみつめていた。

そのころ郡代役所では、社倉の周囲に壕《ほり》を掘り、それに水を引いて万一に備える一方、役所の内部もすっかり片づけて、いつ城兵が攻め寄せてもいいように準備を急いでいた。代官手附の人数三十二人、みんな新兵衛のために一身を投げだす人々だけだった。城からはなんの沙汰《さた》もなく、宵節句《よいせっく》の日はとっぷりと暮れた。

「おい、篝《かがり》へ火をつけろ」

新兵衛の命令で、篝火があかあかと燃えだした。社倉の周囲に五ヶ所、役所の前に二ヶ所、宵闇《よいやみ》を焦《こ》がして燃えあがる篝火は、そのまま彼等の闘志を表白するようだった。

甲府城から保々忠太郎が、十名の見知らぬ武士を伴って来たのは、およそ七時《むつはん》ごろのことであった。

「……来たか」

新兵衛はうなずいて出て行った。

二

保々忠太郎は、小具足《こぐそく》に身をかため、右手に鉄の鞭《むち》を持っていた。

彼はぎろりと新兵衛を見やりながら、

「柴田から貴公の存意を聞いた」

と切り口上に云《い》った。

「いろいろ言葉のゆきちがいがあるようだ、しかし今更そんな問答をしている場合ではない。幸い近藤勇どのの隊士がみえたから、ここへご案内して来た、お互いによく話し合おうではないか」

「もう話すことはないと思いますがな」

「あるよ、大いにある」

近藤勇の隊士という十人ばかりの壮士の中から、すぐれて逞《たくま》しい人物がひとり大股に前へ出て来た。

「貴公は徳川家の直臣だろう、甲府城は幕府直轄《ちょっかつ》だ。よいか、はじめにそいつをはっきりさせて置く。ところで土佐軍の先鋒はもう韮崎近くまで来ておる。もうここの米を城へ運び入れる暇はない。しかしこのまま置けば、社倉の米は敵の兵糧にされてしまうだろう。貴公が甲府城勤番の士であり幕臣なら、みすみす敵を利するようなまねはしない筈だ。よいか、そこでわれわれは社倉に火を放って焼却することに一決した、むろんこれなら貴公にも異存はあるまいが」

「それでわざわざお越しですか」

新兵衛は、平然として云った。

「そうだ、それでわざわざ来たんだ」

「それはお気の毒ですな」

「なに？……」

新撰組の隊士は、猪突果断《ちょとつかだん》を以《もっ》て聞えている。はじめは田舎《いなか》の郡代ごときと舐《な》めていたのだが、この大胆な挨拶《あいさつ》に遭って嚇《かっ》となった。

新兵衛は色も変えずにつづけた。

「柴田さんに申上げたとおり、社倉の米は領民たちの備荒貯蔵です。甲府城のものでもなく、幕府の物でもありません。殊《こと》に、昨年十月、将軍におかれては大政を奉還あそばされ、国政はあげて朝廷のおん手に復しました。将軍家において深く御謹慎あそばす如く、拙者はおのれの預る社倉を護り、これを無事に維新政府へ、お引渡し申すことを責任と思います」

「だが、みすみす敵軍を利するものだぞ」

「焼き捨てることが敵の不利を決定すると思いますか」

新兵衛がはじめて声をはりあげた。

「米は国の稔りという。戦《いくさ》に多少の利があるにせよ、国の稔りを焼きすてるような無道をして、貴公らの大義名分が立っと思いますか。これほどの道理がわからぬようでは、なにを申すもたがいの無駄だ、お帰りなさい」

「元気だな郡代、帰れというなら帰る」

相手はひきつるような笑い方をした。

「だが帰るには土産が要るぞ、くれるか」

「ご所望なれば」

「よしっ」

叫ぶとともに隊士の一人が身を沈めた、抜討ちである。身を沈めたとみるや、ぎらつと白刃《はくじん》が新兵衛の右胴に伸びた、しかし同時に新兵衛の体が伸びあがったと思うと、大きく上から抜討ちの剣をふりおろした。隊士の剣は新兵衛の脾腹《ひばら》を裂き、新兵衛の剣は隊士の頭を断ち割った。だっと、前のめりに顚倒《てんとう》する隊士を見て、

「やった、その郡代のがすな！」

喚きざま、ぎらりぎらりと抜きつれたときである、わあっという鬨《とき》をつくって、手に手に松明《たいまつ》をふりかざした農民たちが、雪崩《なだれ》のように門内へ殺到して来た。

「いかん、立退《たちの》け！」

保々が叫ぶまでもない、残った隊士たちはそのまま、裏手の垣《かき》を押しやぶってのがれ去った。新兵衛はそのありさまを篤《とく》と見定めた、そして意識を失って倒れた。

＊　　＊　　＊

板垣退助《いたがきたいすけ》の先鋒、因州藩《いんしゅう》の軍監西尾《にしお》遠江介《とおとうみのすけ》が甲府城へ入ったのは、三月五日であった。これが予想以上に神速だったのと近藤勇の隊の入城が後れたために、城兵は一戦するいとまもなく敗走した。

脾腹の傷で寝ていた新兵衛のもとへその知らせを持って来たのは、五郎右衛門であ

った。娘のお千代もいっしょだった。

「やはりそんなことでしたか」

「まったく情ない負け戦で、逃げた者も多くは捕えられたり、斬《き》られたり、落ちのびたのは僅かな人数だと申します」

「……しかし」

と新兵衛は、低く呟《つぶや》くように云った。

「いずれも幕府の恩を忘れぬ人たちだった。考え方こそ誤っていたけれども、身命を惜しまぬ覚悟はあっぱれ武士だ、本当にあっぱれな人たちだった」

五郎右衛門は思わず頭《こうべ》を垂れた。

ひっそりと物音の絶えた春の午後、言葉のとぎれたいっときのしじまを縫って、そのとき遠くから小太鼓の音がかすかに響いて来た。

「太鼓の音がする、お千代どの」

「はい」

「障子をあけて見てください、なんです」

お千代は立って障子をあけた。街道をはるかにゆく軍馬の列、濛々《もうもう》たる土煙のなかに、輝かしい錦旗《きんき》を捧持《ほうじ》しているのが見えた。

「見えますか」

「はい、官軍が東へゆくところでございます」

「東へ、……では進軍の太鼓ですね」

「錦《にしき》の御旗《みはた》もおがめますわ」

新兵衛は枕《まくら》をどけて頭を伏せた、五郎右衛門もお千代も頭を伏せた、太鼓の音は東へ、東へ。

失蝶記
しっちょうき

一

紺野かず子さま。

この手記はあなたに読んでもらうために書きます。こういう騒がしい時勢であり、私は追われる身の一所不住というありさまですから、あるいはお手に届かないかもしれません。また、終りまで書くことができるかどうかもわかりませんが、もしお手許《てもと》に届いたばあいには、どうか平静な気持で読んで下さるよう、はじめにお願いしておきます。

いま私のいるところは、城下町から一里ほどはなれた山の中で、かなり近く宇多川《うだがわ》の流れを見ることができます。西山《にしやま》での不幸な出来事、あの取返しようのない出来事があってから約十日、私はつぎつぎと隠れがを求めてさまよい歩き、三日まえからこの家の世話になっていますが、おそらく、またすぐに出てゆかなければならなくなるでしょう。いどころも、人の名もそのままは書きません。どういうことで迷惑をかけるかもしれないからです。しかしあなたにはおよそ推察ができるように記《しる》すつもりです。

季候はすっかり夏めいてきました。今朝はやく歩きに出たら、山の林の中で石楠花《しゃくなげ》の蕾《つぼみ》が赤くふくらんでいるのをみつけ、胸の奥がせつなく、熱くなるように感じながら、暫《しばら》く立停《たちどま》って眺めていました。聴力を失ってから、考えることが心の内部へ向くようになっていたためでしょうか、子供っぽい云《い》いかたかもしれないが、赤くふくらんだ石楠花の蕾を見たとき、しんじつ胸の奥に火でも燃えだすような感じがしたのです。——ちょうど五年まえ、上町《かみまち》にあるあなたのお屋敷の裏を、私は杉永幹三郎《すぎながみきさぶろう》と話しながら歩いていました。ご存じのように、私とは少年時代からの親友で、ものごころのつくじぶんから、片時もはなれたことがないといってもいいでしょう。年は同じで、生れ月は彼のほうが半年ほど早かったが、彼は私を兄のように扱ってくれました。二人だけのときはもちろん、他人のいるところでも。そして、それを言葉にも態度にもはっきりあらわすのです。思い返してみると、育英館《いくえいかん》の塾で三年いっしょでしたが、そのころから始まったようで、たぶん彼の人柄のためでしょう、いかにもしぜんなものですから、私のほうでも知らぬまにそれを受入れる習慣が付いてしまったようです。癸亥《みずのとい》の年の密勅の件からはじまったこんどの事でも、杉永がつねに私の意見を支持したため、われわれ同志の者の行動はよく一致し、離反者などは一人も出さずに済みました。これは彼の人に愛される性格と、すぐれた統率力によるものと云うほかはありません。——上町のお屋敷の裏を歩いていたとき、私と彼は十九歳になっていました。私たちは法隆和尚《ほうりゆうおしよう》のことを話しながら歩いていたのです。ご存じのように和尚は、井桁《いげた》、西郡《にしごり》ら重職の懇請によって招かれた藩の賓客であり、経典はもとより儒学、政治、経済にも精《くわ》しく、なかなか非凡な人物なのですが、時勢に対する見識には合点《がてん》のいかないところがあるのです。一例だけあげますと、そしてこの問題こそ重要なのですが、さきごろ一派の若侍たちが攘夷論《じようい》を誤って解釈し、横浜《よこはま》港にある外人商館を襲撃しようとはかりました。幸い事前に発覚したので無事におさまったが、そのとき和尚はかれらを煽動《せんどう》し、「斬夷《ざんい》」の趣意を書いて与えたのです。この事情についてはあとで記すつもりですが、私は杉永に向って、法隆和尚を藩から遠ざけるがよい、ということを話していました。

二人はどこを歩いているかも忘れていたのですが、紺野《こんの》家の裏へ来たとき、杉永がふと立停ってあなたに呼びかけたのです。そこは朝顔の絡《から》まった四《よ》つ目垣《めがき》で、その垣の向うにあなたが立っていた。白地になにかの花を染めた単衣《ひとえ》と、朱と青の縞《しま》のある帯をしめ、素足に草履をはいて、洗ったばかりの髪を背に垂《た》れておられた。すぐ脇《わき》に石楠花の若木があり、ちょうど咲きはじめたところだったが、私はその花を見るようによそおいながら、杉永と話しているあなたの姿をぬすみ見て、云《い》いようもなく深い心のときめきを感じました。——あなたは十四歳で、背丈こそ高いほうだが、まだほんの少女にすぎないということは、杉永と話している言葉つきにも、身振りや表情にもよくあらわれていました。色のくろい子だな、と私は思いました。あなたが笑うとき、鼻筋に皺《しわ》をよせるのを認めて、狆《ちん》のような顔だなと思い、いまにのっぽな娘になるぞ、などとも思いました。もちろんこれは、生れて初めて感じた心のときめきに反抗するためだったでしょう。そんなふうにあなたの欠点を拾いながら、一方ではまた、この人のことは一生忘れられなくなるぞ、とも思っていたものです。

あなたに別れて歩きだすと、私が黙っていたことを不審そうに、どうして知らぬ顔をしていたのか、と訊《き》きました。

「知らないからさ」と私は答えました。

「紺野のかず子だよ」と彼が云いました、「おれの家で二度か三度会っているだろう」

「覚えがないな」と私は首を振りました。

本当に記憶がなかったのです。

それから五年めの秋、明神《みょうじん》の滝でおめにかかるまで、私はいつかあなたのことを忘れていました。変動の激しい、緊迫した時勢の中で、心のゆとりを失っていたためもあるが、うちあけて云えば、杉永とあなたのあいだに婚約がある、と聞いたからでしょう。明神の滝でおめにかかったときも、私の心は少しも騒がず、自分の耳がだめになったことなど、おちついて話すことができました。

それがいまはこんなに変ってしまった。私は今朝、歩きに出た山の林の中で、咲きかかっている石楠花の蕾を眺めながら、六年まえのあなたの姿をまざまざと思いだしたのです。滝で会ったあなたではなく、六年まえの、まだほんの少女だったあなたの姿をです。そうして、心の奥にひそんでいた胸のときめきが、燃える痛みのようによみがえるのを感じ、しかしなにもかも取返しがたく失われた、ということを改めて思い知ったのです。

私は杉永幹三郎を斬《き》りました。たった一人の友、少年時代から誰よりも親しく、血のかよった兄弟よりも深く信じあっていた友を、この手にかけて斬ったのです。私がこの手記を書くのは、どうしてそんなことになったか、という理由を知ってもらいたいためです。ここには些《いささ》かの弁解も歪曲《わいきょく》もありません、現実にあったことをあったままに書きますから、どうかそのおつもりで読んで下さい。

二

「おすえ」と治兵衛《じへえ》が囁《ささや》いた、「ちょっと起きろ、おすえ」

揺り起こされておすえは眼をさました。いつもついている行燈《あんどん》が消えて、家の中はまっ暗であり、枕許《まくらもと》にいるらしい父の姿も見えなかった。

「声を立てるな」と治兵衛が云った。

「どうしたの」おすえは囁き返した、「どうかしたの、お父《と》っさま」

「外に人がいるようだ」

おすえは急に眼がさめ、寝衣《ねまき》の帯をしめ直そうとしたが、手がふるえて思うようにゆかなかった。

「本当に誰か来たの」おすえが訊いた、「谷川《たにがわ》さまを捜しに来たのかしら」

「わからない」と治兵衛が答えた、「だがこんなよるの夜中に来るとすれば、ほかに考えようはないだろう」

「どうしたらいいの」

「おちつけ」と治兵衛が云った、「着替える暇はないかもしれない、そのままで釜戸《かまど》の蔭《かげ》に隠れていろ、もし人が来たらおれが応対をするから、隙《すき》をみて隠居所へ知らせにゆくんだ、わかったか」

「それからどうするの」

「こっちを押えているあいだに、谷川さまを案内して逃げるんだ、忘れたのか」

おすえが答えようとすると、治兵衛の手がさぐるように肩を押えた。おすえは黙り、戸の外で人の声がするのを聞いた。

「おちつけよ」と治兵衛が囁いた、「釜戸の蔭で待つんだぞ、慌《あわ》てるな」

おすえは息が詰りそうになった。

「ちょっと起きてくれ」と、表の戸の外で男が云った、「坂下《さかした》の茂七《もしち》だ、人しらべに城下からお役人がみえている、ここをあけてくれ」

おすえは釜戸の蔭へ身をひそめてから、父がなぜそこに隠れろと云ったか、という理由に気がついた。戸外の人は表だけでなく、裏のほうにもいるらしい。裏の洗い場のところで物の倒れる音がし、「しっ」と制止する声が聞えたのである。——治兵衛は行燈《あんどん》に火を入れてから、土間へおりて潜《くぐ》り戸《ど》をあけた。すると提灯《ちょうちん》を持った茂七を先に、侍が一人はいって来た。茂七は、この村の名代名主であるが、家の中をひとわたり見まわしてから、土間をぬけて裏戸をあけ、提灯を振ってなにか云ったが、おすえにはよく聞きとれなかった。

「変った事はない」と外で答える声がした、「出て来た者もない」

そしてすぐに、茂七のあとから若い娘と、下僕《げぼく》とみえる男がはいって来た。裏戸はあけたままであった。

「どうしたことです名主さん」と治兵衛が云った、「なんのおしらべです、盗賊でも逃げこんだのですか」

「かみさんや娘がいないようだな」と茂七が訊いた、「二人はどこにいるのかい」

「女房《にょうぼう》はさとへゆきました、おすえもいっしょですが、あいつらを御詮議《ごせんぎ》ですか」

「捜しているのは侍だ」と茂七のうしろにいた若侍が初めて云った、「谷川主計《かずえ》という者だが、知っているだろうな」

「大手先の谷川さまなら知っております」治兵衛はおちついて答えた、「私が若いじぶん下男奉公にあがっていましたから」

「その谷川がいる筈《はず》だ」と若侍が云った、「訴人する者があったし証拠も慥《たし》かめて来た、隠さずに云え、谷川はどこにいる」

「治兵衛さん」と茂七が云った、「へたに隠しだてをしないほうがいいよ、おまえの家の裏に北寄貝《ほっきがい》の殻がたくさん捨ててあるし、毎日米のめしを炊《た》くこともわかっている、そんな贅沢《ぜいたく》をするおまえさんじゃあない、誰かよっぽどの人が来ているに相違ないんだ」

「ええ客はありました」と治兵衛が答えた、「女房のおふくろさんが十日ばかりまえに来て、今日帰ってゆきました、女房とおすえはそれを送って姥沢《うばざわ》までいったのです」

おすえはそこまで聞いて、裏の戸口からぬけ出した。

かれらは治兵衛の前に集まり、提灯をつきつけて、問答が激しく、互いに声も高くなっていた。おすえは釜戸の蔭から、土間を這《は》って戸口までゆき、外へ出てから立ちあがった。家の中で父が「家捜しをして下さい」と云うのが聞え、おすえは闇《やみ》の中を走りだした。洗い場の池をまわって、柿畑《かきばたけ》の脇から、いまは使っていない厩《うまや》のうしろへ出、一段ほど高い台地を登って、かこい小屋の戸口へ近よった。春から秋までは蚕《かいこ》を養《か》い、そのあとは甘露柿をかこうのに使うのだが、今年は蚕をやらないので空《あ》いていた。おすえは潜り戸をあけてはいると、泥足のまま階段を登った。

谷川主計は眠っていた。暗くしてある行燈の光りが、蚊屋《かや》の中にある小机と、薄い夜具を掛けて仰臥《ぎょうが》している彼の寝姿を、ぼんやりとうつし出していた。おすえは蚊屋をくぐり、膝《ひざ》ですり寄って彼を揺り起こした。主計はすぐに眼をさまし、おすえを見て起きあがった。

「お侍が来ました、逃げて下さい」

そう云ってから、おすえは急に口を手で塞《ふさ》ぎ、ゆっくりした身振りで、その意味を伝えた。その動作を二度やってみせると、「わかった」と云いながら立ちあがった。

「来たのは大勢か」

「いいえ」とおすえは首を振り、二本指を出してから、ちょっと考えて自分を指さした。娘が一人と云うつもりだったが、主計にはわからない。彼は手早く着替えながら、不審そうな眼をした、「おまえがどうした」

「いいえ」とおすえは手を振り、こんどは指を三本立ててみせた。

「三人か」と主計が訊いた。

おすえは頷《うなず》いた。主計は袴《はかま》をはきながら、机の上の物をまとめてくれと云った。おすえは云われたとおりにし、書き物や、筆などを片づけて包み、脇にあった旅嚢《りょのう》へ入れた。そして、主計が刀を取るのを見て蚊屋を出、階段をおりて、そっと戸外のようすをうかがった。虫の音が聞えるだけで、風のない夏の夜気は、露を含んでひっそりと重たげに眠っていた。

——はだしでは山道は歩けない。

おすえはそう気がつき、暗い土間をさぐって草履をみつけた。主計の草鞋《わらじ》は板壁の釘《くぎ》に掛けてある。二階で行燈が消え、主計がおりて来た。おすえが草鞋をはかせようとしたが、彼は自分で取ってすばやく結いつけた。

「外は大丈夫か」

「大丈夫です」おすえは主計の手を取り、自分の顔へ当てて頷《うなず》くのを触らせた、「いそぎましょう、あたしがご案内します」

おすえは手を引くことでその意味を知らせた。主計は旅嚢を背に結びつけて立ち、戸口から外へ出た。すると急に左と右に提灯があらわれた。かれらはうまくやったのだ、かこい小屋のことは茂七が知っていたであろう、しかしそこへ踏み込むより、外へおびきだすほうが安全だ。かれらは治兵衛が知らせに来るのを待っていたのだろうか、それともおすえがぬけ出したのを知っていたのかもしれない。

——突然くら闇の中からあらわれた提灯を見て、おすえは悲鳴をあげ、主計は一歩うしろへさがった。左には茂七と若侍、右にはあの娘と下僕らしい男がいた。提灯は茂七と下僕が持っていた。

「吉川《きつかわ》だな」主計は若侍を見て云《い》い、娘を見て吃驚《びっくり》したように云った、——「紺野、かず子さん」

吉川と呼ばれた侍は、ふところから折りたたんだ紙を出し、それをひろげて、提灯の光りにかざしてみせた。美濃紙《みのがみ》を二枚貼《は》り合せたものに、大きな字でなにか書いてあり、吉川はそこからこれを読め、という手まねをした。主計は娘のほうを見、それから二歩ばかり進んで、紙に書いてある文字を読んだ。

――そのもとは杉永幹三郎を闇討ちにした。紺野かず子どのは祝言《しゅうげん》こそあげていないが、杉永とかねてから婚約の仲であり、そのもとを良人《おっと》の仇《かたき》として討つ覚悟でおられる。自分は紺野どのの介添《かいぞえ》として来たが、ばあいによっては助太刀《すけだち》をすると思ってもらいたい、吉川十兵衛《じゅうべえ》。

およそこういう意味の文言であった。読み終った主計は振返って紺野かず子を見た。かず子は塵除《ちりよ》けの被布《ひふ》をぬいで下僕に渡した。下は白装束《しろしょうぞく》で、手甲《てっこう》、脚絆《きゃはん》、草鞋をはき、襷《たすき》を掛けていた。

「待って下さい、紺野さん」と主計は呼びかけた、「これは間違いだ、杉永を斬ったのは事実だがそれには仔細《しさい》がある、私はいま」

かず子は鞘《さや》ごとかいこんでいた脇差を、ゆっくりと抜いた。提灯の火をうけてその刀身が冷たい光りを放ち、かず子は鞘を下僕に渡した。

「私はいまその仔細を書いている」と主計は続けていった、「書きあげたらあなたに読んでもらいましょう、そのうえでなお私をかたきと思うならいさぎよく討たれます」

「吉川」と主計はこちらへ振向いた、「杉永とおれのことはおまえもよく知っている筈だ、なにか事情があるくらいのことは想像がつくだろう」

「谷川さんは耳が聞えないから、なにを云ってもむだだろうが」と吉川が云った、「家中《かちゅう》の情勢がこう混沌《こんとん》としていては、釈明も弁解も役には立ちません、事実あったことで是非の判断をするほかはないでしょう、残念だが死んだ杉永さんのためにも、私は紺野さんに助勢をする、さあ、抜いて下さい」

そう云って吉川も刀を抜いた。

「だめか、私の云うことは、聞けないのか」主計は吉川を見、かず子を見た、「どうしてもだめなのか、どうしても」

紺野かず子が前へ出た。

「お父っさん」とおすえが絶叫した。

「動くな」と吉川がおすえに刀を向けた。

そのとき主計が吉川へ抜き打ちをかけた。かず子が踏みこんで来、吉川は大きくうしろへとびしさった。主計はかこい小屋の戸口へ引くとみえたが、そのまま板壁を背中で擦《こす》るようにして、小屋のうしろへ廻りこんだ。

「こっちは引受けた」と吉川が喚《わめ》いた、「そっちを塞《ふさ》げ、紺野さん」

喚きながら、吉川は小屋の反対側へまわり、かず子は主計のあとを追った。茂七と下僕も、提灯をかざして走ってゆき、おすえは家のほうへではなく、小屋の背後にある丘の松林の中へ駆け登っていった。

三

紺野かず子さま。

あの夜からちょうど十二日経《た》ち、どうやら気持もしずまってきました。あの夜のことはまったく思いがけなかったし、心外で、くちおしくてならなかった。吉川十兵衛は杉永や私たちの同志です、あなたが誤解されるのはやむを得ないとしても、彼が事情を察しようとしないのはなさけなかった。あのとき私は、いっそ十兵衛も、斬《き》ってくれようか、とさえ思ったくらいです。しかしいまはそうは思いません、私はここへおちつくまでに、いろいろな世評を聞きました。私があなたにおもいをかけていて、恋の恨みで杉永を闇討ちにした、というのです。ばかげた噂《うわさ》だが、情痴の話となると人は信じやすい。おそらく、あなたも十兵衛もその噂を信じ、そのため私を杉永の仇《かたき》と思いこんだのであろう、だとすれば、あなたや十兵衛を責めるわけにはいかない。そう考えてから、ようやく私は気持がおちつきました。

私はいま山の中にいます。治兵衛の娘のおすえが付いていて、身のまわりの世話をしてくれますから、べつに不自由なことはありません。おすえには家へ帰れと云うのですが、どうしてもはなれようとはしません。うちへ帰ってもお父っさんが、どうなっているかわからない、と云うのです。私にもそれがなにより気懸《きがか》りです、治兵衛は昔の恩義のために私を匿《かくま》ってくれただけで、彼には些《いささ》かも咎《とが》められる筋はない。もしも治兵衛や妻子が罰せられたりするようなら、あなたからとりなしていただきたい、あなたならそうして下さると思うので、折入って私からお願いしておきます。

手記を続けるに当って、密勅をめぐる家中の論争は省略します。そこにこんどの出来事の原因があるのですが、要約すれば勤王か佐幕かということで、あらましのことはあなたにもわかっていると思うからです。

私と杉永とは初めから王政復古、開国の方向に動いていました。そうして吉川十兵衛、梓久也《あずさひさや》、田上安之助《たのうえやすのすけ》らのほか、二十余人の同志を集め、上方《かみがた》と連絡をとって、全藩の意見を纏《まと》めるために、手分けをして裏面工作をやっていたのです。——なぜ裏面工作をしなければならなかったかというと、仙台藩《せんだい》がつねに警戒の眼をそらさず、重職がたに絶えず圧力をかけていましたし、同時にまた、法隆和尚に煽動《せんどう》された佐幕派の者たちにも、よほど用心しなければならなかったからです。——こういう大事なときに、私は奇禍《きか》のため聴力を失い、同志の人たちから脱落してしまいました。たぶんご存じでしょう、一昨年の二月、磯部《いそべ》の砂浜で大砲の試射をしました。それまで藩には張抜きの砲しかなかったのだが、常陸《ひたち》の某公から初めて鋳鉄の大砲を譲り受けた。これはわれわれ同志の奔走によるもので、譲り受けたことは極秘であり、試射もまた極秘に行われました。重職がたの一部は、もちろん承知だったが、これも直接にはかかわりを持たず、見て見ぬふりをしていたのですが、これも仙台藩の耳目をおそれたからで、わが藩がいかに左右の勢力の中でもがいていたかという、例証の一つだと思うのです。

その日、磯部へゆくまえに、私は杉永とこんな話をしました。

「どうしてあの人と祝言をしないんだ」と私が訊きました、「婚約してからもうあしかけ三年くらいになるじゃないか」

彼は口笛でも吹くように唇《くちびる》をまるくしました。なにか云いよどむときの、少年時代からの癖で、そうするとひどく子供っぽい顔になるのです。

「親たちにもそれを云われるんだが」と彼は答えました、「いまはそういう気持になれないんだ」

「なにか故障でもあるのか」

「故障というわけじゃない」こう云って暫《しばら》く口をつぐみ、それから私の眼を避けるようにしながら続けました、「――こんな時代だし、結婚をいそいで、かず子に不幸なめをみせたくないんだ」

私は黙って杉永を見返しました。

「このあいだから考えていたことなんだが」と彼はゆっくり云いました、「おれはいっそ京へのぼろうかと思う」

「京へいってなにをする」

「王政復古は開国を伴わなければならない、これはかねてから谷川が主張していたし、おれもそのとおりだと思う、だが現に尊王をとなえている者の大部分は、攘夷《じょうい》問題を親柱のように信じこんでいる」

下田《しもだ》条約がむすばれて以来、すでに欧米諸国の多くと通商関係をもつようになった。現実にはもう開国しているのだし、これは国家と国家との公約である。にもかかわらず、王政復古の中に攘夷論が強い軸となっていることは危険だ。井伊《いい》大老を斬り、安藤《あんどう》閣老を斬ったような暴力が、王政復古の勢いに乗って攘夷を実行するとすれば、国家の信義を失うばかりでなく、欧米諸国の同盟によって、日本ぜんたいの存亡にかかわるような、非常な事態を招くかもしれない。

もっとも重大なことは、朝廷において攘夷親征が議せられたという点で、それがもし事実だとすると容易ならぬことになる。

「おれは自分でその実否が慥《たし》かめたい」と杉永は云いました、「はいって来る情報はそのたびに変転し、どれが真実かどれが虚妄《きよもう》か、だんだん区別がつかなくなるばかりだ、そうは思わないか」

「話をはじめに戻すが」と私は云いました、「杉永はひとり息子だ、もし上方へゆくとしたらなおさら、祝言を早くするほうがいいじゃないか、杉永にもしものことがあれば家名が絶えてしまうぞ」

「万一のことを思うから祝言をする気になれないんだ、おれは家名のためにかず子の一生を奪おうとは思わない」

「祝言をしろよ」と私は云いました、「上方へゆくことは賛成できない」

「どうしてだ」杉永は眼を細めました。

「攘夷論は民心を統一する手段の一つだ、これはまえにも繰り返し云ってある、攘夷という名目は、それに対立するこの国、日本と日本人ぜんたいの存在をはっきりさせる、これまでかつて持ったことのない、共通の国民意識というものがそこから初めて生れるだろうし、すでに生れていると云ってもいいだろう、したがって王政復古が実現すれば攘夷論は撤回されなければ、杉永の云うとおりこの国は亡《ほろ》びるかもしれない、そのくらいの見識を持たない人間はないと思う」
われわれにとって当面の問題は、藩論を王政復古へ纏《まと》めることだ。というようなことを話しあいました。話の内容はともかく、こんなに諄《くど》く記したのは、それが杉永と話しあい、彼の声を聞いた最後だったからです。私たちはそれから磯部へでかけました。

四

その場所は磯部《いそべ》から北へ、十町ばかりいった砂丘の下で、集まった者は十一人。私と杉永、吉川、梓、田上らはご存じでしょう。他の六人の名はその必要もなし、まえに述《の》べた理由から、ここでもやはり省略します。大砲は一貫目玉のモルチールというもので、急造の砲架の上に据えてありました。砲手は二人。一人が火薬を塡《つ》め、砲玉を入れ、他の一人が射手の位置につきました。

私たちは五間ばかりはなれたところに立ち、仕様書に注意してあるとおり、両手で耳を押える用意をして見ていました。私の右に梓久也、左に杉永、次に吉川がいたようです。少し風のある日で、長い汀《なぎさ》には寄せ返す波が白く泡立ち、はるかな沖に漁をする舟が幾つか見えていました。

「大丈夫かな」とうしろで誰かが云《い》いました、「あの舟に当りゃあしないかな」

すると二人ばかり笑うのが聞えました。それはその冗談が可笑《おか》しかったからではなく、あまりに緊張していたための反作用だということが、あからさまにわかる笑いかたでした。

射手は火縄を火口に移し、撃鉄《うちがね》をおとしました。詳しい説明は書きません、モルチール砲はその二つの操作で発射するのです。私たちは両手で耳を押えました。――だが砲は発射しません、二人の砲手は狼狽《ろうばい》したようすで、火口や撃鉄をしらべていましたが、突然、なにか云いあったとみると、耳を塞ぎながらこちらへ逃げて来ました。

私は大砲の火口から煙が立っているのを見、こちらへ走って来る二人の、灰色にひきつった顔を見ました。失敗したのだ、このままでは砲身が破裂してしまう、と思いました。

――あの砲を失うことはできない。

そう思いながら、私はもう走りだしていたのです。それを手に入れるまでの苦心と、再び手に入れることの困難さとが私をそうさせたのでしょう。

「よせ、谷川」と杉永の叫ぶのが聞えました、「危ない、戻れ、戻れ」

私は火口の火を消すつもりだったのでしょう。はっきりそう思ったわけではない、ただもうその砲を失ってはならないという気持で、火口から立ちのぼる薄い煙をみつめながら、けんめいに走り、もう一と足というところで、砂に足を取られて倒れました。

そのとき砲身が破裂したのです。どこに手違いがあったか、大砲そのものが粉砕してしまったので、原因はわかりません。私は倒れると同時に、躯《からだ》ぜんたいを大きな板で殴られたように感じ、殆《ほと》んど失神してしまいました。倒れなければ破片にやられて即死したことでしょう、幸い躯にけがはなかったが、両耳の聴力を失ってしまいました。

自分のことを語るのはいやなものです。けれども、杉永を斬るというあやまちをおかした理由は、この二年余日にわたる私の心の状態にあったので、どうしても知っておいてもらわなければならないのです。――夏の終りになって、耳がまったくだめだということがわかりました。それまでは一時的なものだと思い、医者にかかりながら、久しぶりに静養だ、などと暢気《のんき》なことを云っていました。そのあいだにも、同志の会合があれば必ず出ていたのですが、話すことはできても耳がだめですから、議題はいちいち字に書いてもらわなければならない。それを読んでから自分の意見を述べるわけで、面倒でもあり時間もむだにするため、やがては、そのとき出た結論だけ読む、ということになったのです。

「そう長いことではないだろう」と私は云ったものです。「おれは暫くつんぼ桟敷《さじき》にいるよ」

もちろん、そんな暢気なことを云っているばあいではなかった。密勅があって以来、禁裡《きんり》付きの下房どのと、国許《くにもと》にあるわれら同志とのあいだで、絶えず情報の交換があり、それについての急を要する合議が繰り返されていたのです。奥羽《おうう》連合の監視はますますきびしくなり、同志が集まるのにも、そのたびに場所や時刻を変えたり、三組に分れて集まり、あとで代表だけが結果を討議する、などということもありました。こういう大事なとき「つんぼ桟敷」にいなければならなかったのです。どんなに苛《いら》だたしくやりきれない気持だったか、おそらく他人には推察もつかないでしょう。それでもまだ恢復《かいふく》する望みのあるうちはよかった。もう暫くの辛抱だと、自分をなだめすかしていたのですが、六月下旬になって、医者から不治だと宣告されたとき、私は気が狂うかと思うほどの絶望におそわれました。

七月いっぱい、私は家にこもったきりで、杉永が訪ねて来ても会わず、家族とも没交渉にすごしました。みれんがましいはなしですが、気持がややおちつくまでに、三十余日もかかったわけです。

「これで同志から脱落だ」と私は自分に云いました、「こうなってはなにもできない、いさぎよく脱退しよう」

私は杉永を訪ねて、同志から脱退すると告げました。みんなの足手まといになるばかりではなく、進退緩急の機をあやまって事のやぶれを招くおそれもある。残念だがこれで身をひくと云いました。杉永もがっかりしたようすで、暫くは俯向《うつむ》いたままでしたが、私の耳が不治だということはもう知っていたのでしょう、ひきとめるようなことは云わず、――今後も思案に窮したときはゆくから相談にのってもらいたい、と書いて示しました。

私は父を説《と》きふせて、家督も弟の格二郎《かくじろう》に譲り、長く空いていた隠居所へ移りました。父母にも、弟や妹にも顔を見られたくない。食事も召使にはこんでもらって、一人きりの生活を始めたのです。軀に故障はないのですから、早朝の沐浴《もくよく》も欠かさず、朝と夕方の二回、くたくたになるまで組み太刀《たち》の稽古《けいこ》もしました。あとは読書と習字で、よけいなことを考える暇のないよう、晴雨にかかわらずきちんと日課を守っていたのです。――冬になってからですが、私はうしろの物音を感じとることができるのに気がつきました。物音でなくとも、人の近よるけはいでも、ふしぎなほど敏感にわかるのです。人間が生れつき備えている自己保護の本能とでもいうのでしょうか、誇張して云うと、蝶《ちょう》が舞いよって来るのも感じとれるくらいでした。

「うしろに勘がはたらくというのはふしぎだ」と私は自分で苦笑しました、「どこかが不具になると、それを補うように、軀の機能が変るんだな」

軀そのものが不具者になる用意を始めた。苦笑するどころですか、私はそのときもいちど、医者から不治を宣告されたときよりも深く、激しい絶望に押しひしがれました。

杉永は十日に一度ぐらいのわりで訪ねて来、たいてい半刻《はんとき》か一刻、まどろっこしい筆談をいとわず話してゆきました。われわれ同志のあいだでは、ともかく私と杉永とが中心になっていたため、彼の責任はひじょうに重くなり、同志のあいだに起こる異論を纏めるだけでも、かなり苦心しているようにみえました。こうして年があけ、去年の秋になって、私は思いがけなくあなたに会ったのです。

五

紺野かず子さま。

私はいま山を歩いて来ました。ここへ移ってから初めての外出で、おすえが心配し、ずっといっしょに付いていました。初めてこの手記を書きだしてから、かれこれもう三十日になるでしょうか、和田《わだ》村にいたとき蕾のふくらみはじめた石楠花《しゃくなげ》が、ここではもう咲きさかっていますし、林の中では早朝から蟬《せみ》がやかましく鳴き交しています。むろん耳に聞えるのではありません、林に反響するのが後頭部に感じられるのです。

「おすえ」と私は振返って訊きました、「いま蟬が鳴いているだろう」

おすえは微笑しながら頷《うなず》き、手をあげてまわりの樹立《こだち》をぐるっと指さしましたが、それからふと驚いたように、自分の耳を摘《つま》んで、聞えるのか、というしぐさをしました。

「いや」と私は首を振りました、「聞えるんじゃない、感じるだけだよ」

ここでね、と云って頭のうしろを叩《たた》いたのです。おすえはいそいで顔をそむけ、前掛で眼を押えるのが見えました。

いまこの手記を書き続けながら、いつも石楠花が付いてまわることに気づいて、かなしいほどむなしい思いにとらわれました。年々咲く花は変らないが、――という古い詩の句などが頭にうかび、上町の屋敷の裏庭で、石楠花の下に立っておられたあなたの姿と、それから六年経《た》ったいまの状態とを比べて、人のめぐりあわせの頼みがたさ、というおもいで、ただ溜息《ためいき》をつくばかりです。

私が明神の滝へかよいだしたのは、去年の夏のはじめからのことでした。母がどこかで聞いて来て、霊験があるそうだからとすすめたのです。滝に打たれるなどということは、信仰心があってこそ効果も望めるでしょうが、私にはそんな気持もないし、むしろ神仏を憎んでさえいたときですから、母の言葉もそのままききながしていました。けれども心のどこかには、やはり治りたい、という思いがひそんでいたのでしょう。四月下旬になり、青葉が強い日光にきらめくさまや、夏草が風にそよぐけしきなどを見ると、気ばらしになるだけでもいいと思い、初めて明神の滝へでかけていったのです。

そこへは少年のころ、二度か三度いったことがあります。粟津《あわづ》明神の裏に立つと、谷間にかかる滝が眼の下に見え、秋になると紅葉が美しいので、城下から見物に来る者も少なくなかった。いまではそんな人も稀《まれ》なようで、滝も昔よりずっと水量が減っていました。

滝に打たれるといっても、ご存じのとおり細いものですから、釣瓶《つるべ》の水を浴びるくらいにしか感じません。けれども、人影もないあの狭い谷間で、ひとりきままにすごす時間はたのしく、心ものびやかになるように思われるため、雨さえ降らなければ欠かさず打たれにいったものです。――このあいだにも、藩の情勢は複雑な変化を続けながら、尊王か佐幕か、いずれかに決定すべき時期が迫って来つつあり、杉永はやり立つ同志をしずめるのに困っているようすでした。

あなたに会ったあの日、――まえの晩に杉永が来て、藩論を纏めるには、どうしても除かなければならぬ者がいると云って、真壁綱《まかべつな》の名をあげました。真壁は故君の側《そば》用人《ようにん》で、仙台の強いうしろ盾があり、老臣の中でもっとも頑固に佐幕を主張している人間です。杉永がそう決心した気持はよくわかりますが、私は反対しました。水戸《みと》藩における天狗《てんぐ》党の騒動のように、一人の暗殺から、家中が血で血を洗うようなことになりかねない。どうしても他に手段がないとしても、いまはまだそのときではない、と私はきびしく云いなだめました。――そんなことのあったあとで、あの日は滝に打たれながら、いつものように気分がおちつかず、杉永が思い止《とど》まってくれたかどうか、杉永が思い止っても同志の者たちはどうか、承服しない者があって無謀なまねをやりはしないか、などと繰り返し考えていました。

滝をあがったのはいつもより早かったでしょう、着物を着、袴《はかま》をはき、両刀を差すと、急に胸騒ぎがするように感じました。たぶん同じ問題を考え続けていたため、気持が不吉なことのほうへ傾いたのでしょう。自分では否定しながら、なにか事が起こったような、不安な思いにかられて、ついいそぎ足になっていました。すると、ちょうど明神の下あたりへ来たとき、うしろへなにかが襲いかかるのを感じました。人の出て来る筈はないので、それはわかっていながら、そんな気分でいたからでしょう、われ知らず刀を抜いて、抜き打ちにうしろをひっ払い、大きく三歩とんで振返りました。

刀に軽い手ごたえがあったので、刀を構えながら振返ると、女持ちの扇が二つに切られて、ひらっと地面に落ちるところでした。人の姿はどこにもありません、気がついて崖《がけ》の上を見あげると、あなたがこちらを覗《のぞ》いておられたのです。

「失礼しました」と私は云いました、「いまそちらへまいります」

刀を鞘《さや》におさめて私は扇を拾いました。それは薄く墨でぼかした地に夕顔の花が描いてあり、三分の一のところで二つに切れ、要《かなめ》でつながっているだけでした。自慢の腕が臆病《おくびよう》の証《あか》しをしたか、私はそう思って苦笑しました。——それからあなたのところへいって、耳が聞えないために、狼藉《ろうぜき》をしたことを詫《わ》び、自分の名を名のって切れた扇を差出したのです。あなたは笑ってかぶりを振り、扇を受取ってからなにか云いたそうに、侍女の顔をごらんになった。それで私は矢立《やたて》と手帳をあなたに渡したのです。

「耳がだめになってから、いつも持って歩いているのです」と私は云いました、「よろしかったらどうぞそれへお書き下さい」

あなたは会釈《えしやく》をして、扇は落した自分が悪いこと、詫びは自分のほうで云うべきであると書いて、手帳を戻されました。私はそれを読み、紺野かず子という署名を見て、初めてあなただということに気づき、思わず声をあげてしまいました。

「これはこれは、ふしぎなところでおめにかかりますね」私はうきうきするような気分になって云《い》いました、「あなたはご存じないだろうが、私はあなたを知っているんですよ」

するとあなたはまた手帳を取って、杉永から聞いて自分もよく知っていると書かれ、また、耳のぐあいはどうかと書かれた。私はどうして失聴したかを話し、耳は一生治らないだろうこと、家督も弟に譲ったし、これからは耳なしでも生活できるような仕事を考えている、などということを話したと覚えています。——あなたは面変《おもがわ》りをして、たいそう美しくなっておられた。色も白く、のっぽでもなく、どちらかというとむしろ小柄なほうで、鼻筋へ皺をよせる癖もなくなったようでした。

「杉永はなにを考えているんですか」と別れるまえに私は云いました、「あなたからもそう仰《おっ》しゃって、早く式をあげるほうがいいですよ」

あなたは唇に微笑をうかべたが、なにもお書きにはならず、矢立と手帳を返されたので、私は別れを告げて帰ったのです。

六

滝でおめにかかったのが八月。十二月には孝明《こうめい》天皇が崩御され、年があけると今上《きんじょう》の践祚《せんそ》された知らせがあり、二月には征長軍が解かれるなど、幕府の勢力の衰退と、王政復古の気運の増大とが、もはや避けがたい時の来たことを示すように、はっきりとかたちをあらわし始めました。

杉永からこれらの事情を聞くたびに、私はまた自分の耳を呪《のろ》いました。事を起こす時が迫っているのに、自分は脱落者として、ただ傍観していなければならない。前生にどんな罪があったのだろうか、などと思い、磯部の浜のときの、とびだしていった無分別さ、しかもそれが徒労だったことに、改めて自分を罵《ののし》り、救いようのない後悔に身をさいなまれる思いをしました。

三月下旬だったでしょうか、杉永が訪ねて来て、同志の者が七人、藩吏に捕われた、ということを告げました。田上安之助の組で、会合はいつもどおり極秘におこなわれた。その場所がどうして探知されたかわからない、七人は城中に監禁されているらしい、ということでした。

「明らかに真壁のしごとだ」と杉永は云いました、「形勢が悪転で真壁が動きだしたに相違ない、領境には仙台の兵が詰めかけて来たし、このままではわれわれは潰《つぶ》されてしまうぞ」

こう書いて示す文字も、いつになく筆が走っていて、ことの重大さをよくあらわしているようにみえました。

「やはり真壁は除かなければならない」と彼は続けました、「あのときやっておくべきだった、こんどこそやらなければならないと思う」

私は暫《しばら》く考えていました。

「真壁のうしろには仙台の力がある」と私は念を押しました、「ほかに手段がないとしても、真壁をやったばあい仙台がどう出るか、奥羽連合が黙っているかどうか、その点のみとおしはどうなんだ」

「わからない」杉永は答えました、「しかし近いうちに討幕の勅命が出るという噂《うわさ》もあり、奥羽連合の結束もぐらつきだしたようだ、真壁を失ったぐらいで、仙台が直接行動に出るとは思えない」

「それは確実なことか」

「こういう情勢の中では、確実だと云えることなどは一つもないだろう、いずれにせよ、ここはまず断行することが先だと思う」

私は立ちあがって縁側へ出ました。

——どうする。

心の中で私は自分に問いかけました。母屋《おもや》とその隠居所のあいだに槙《まき》の生垣があり、槙の枝には白っぽい黄色な若葉が、そろって活々《いきいき》と伸びている。また夏が来るな、ぼんやりそう思いながら、私は心をきめ、元の席へ戻って坐《すわ》りました。

「それはおれがやろう」と私は云いました、「真壁を斬《き》るのはおれの役だ」

「いや」と私は手をあげ、なにか書こうとする杉永を制しました、「真壁をやったら名のって出なければならない、私怨《しえん》だと云って自首して出れば、罪はその一人に限られるし、仙台も干渉することはできないだろう、おれはこんな不具になってほかの役には立たないが、この役なら間違いなくやってみせる、これはおれの役だ」

杉永は口笛でも吹くように、唇をまるくつぼめ、庭のほうを見たまま考えていました。癖というものは直らないものだな、私はそう思うと、緊張した気分のほぐれるのを感じました。

「考えることはない、もうきまったことだ」と私は云いました、「帰ったらみんなにそう伝えてくれ、但《ただ》し真壁の動静はおれだけではつかめない、みんなで手分けをして、いい機会があったら知らせてもらおう」

「みんなにも意見はあるだろう」と杉永がいいました、「相談したうえでもういちど来る」

杉永を送って出ながら、私は明神の滝であなたに会ったことを話しました。そのときまで、ふしぎに話す機会がなかったのです。彼はあなたから聞いて知っていたとみえ、頷きながら陰気に微笑しました。それとわかるほど、陰気な微笑だったのです。

「早く祝言《しゅうげん》をするほうがいいよ」と私は云いました、「もうあの人も二十になるんだろう、なにをぐずぐずしているんだ」

杉永は私の顔を見て、なにか云いたそうにしましたが、思い返したようすで、そのまま帰ってゆきました。

それから三日めの夕方です。母屋のほうの風呂へはいって戻ると、梓久也が訪ねて来ました。ちょうど妹が食事の膳立《ぜんだ》てをしているところでしたが、私は妹を去らせ、食膳を押しやって筆談の用意をすると、梓は「まず食事を済ませて下さい」と書いてみせました。それで私は膳に向ったのですが、梓の顔色で、これは真壁の件だな、と直感しました。食事をしているあいだ、梓はしきりになにか書いてい、私が膳を片づけてから、梓と自分に茶を淹《い》れて坐ると、書いたものを私に渡しました。思ったとおり真壁綱のことです。

「真壁はあなたに任せると、一同の意見がきまりました」とそれには書いてあった、「――彼は今夕六時《とりのこく》から、西山の隈川別墅《くまがわべっしょ》で仙台藩の者と密会します、あまりに早急であなたには不都合かもしれません、しかし密会には供を伴《つ》れず、一人でゆくということですから、やるとすれば絶好の機会ですが、やるやらぬはもちろんあなたしだいです」

私は読み終ってから梓を見ました、「隈川さんは変節したのか」

隈川兵庫《ひょうご》は老臣の中でも、われわれが頼みにしていいと信じていた一人なので、私にはちょっと不審に思えたのです。

「そうではありません」と梓は書きました、「西山の別墅はずっと留守で、家僕《かぼく》のほかに人はいません、真壁はそこを覘《ねら》ったのでしょう、隈川別墅ならわれわれの監視もあるまい、そういう肚《はら》ではないかと思います」

「それはみんなの意見か」

「杉永さんもそう云われました」と梓は続けた、「どうなさいますか、私は見張り役で、これから西山へゆかなければなりません」

私は頷きました、「やろう」

では打合せをしますと云って、梓は別墅付近の図を書きました。ご承知のように、西山は城下のほぼ西南に当り、重職がたの控家や別墅のある閑静なところです。町とのあいだに田畑や林などがひろがってい、道は一と筋、見とおしもよくききます。梓はその道の一点に印をつけて待伏せるところはここがいいと思うと云いました。そこからは隈川別墅の門が見えるので、合図をするにも都合がよく、また邪魔のはいるおそれもないだろう、というのです。

「いいだろう」と私は頷きました、「それで、合図はどういうふうにする」

「私が提灯で知らせます」と梓はいいました、「これから西山へいって、真壁が慥《たし》かに来るかどうかを見さだめ、来たら帰るまで見張っています、そして彼が帰るのを慥かめたら、提灯で円を三度かきましょう」

「円を三度だな」

「人の違うときは提灯を見せません、まるく三度振ったら真壁ですから――」そして梓は書き加えました、「できたら私も助勢するつもりです」

「そんな必要はない、おれ一人で充分だ」と私は首を振りました、「それより見張りに誤りのないようにしてくれ」

梓は筆を置いて、静かに低頭しました。

七

夜の十時《いのこく》を過ぎていたでしょうか、私は約束の場所にいて、提灯の光りがゆっくりと三度、円を描くのを認めました。

そこは西山から来る道が、細い流れに架けた土橋を渡り、城下のほうへと、やや北に曲っている角で、道傍《みちばた》には松が二三本と、灌木《かんぼく》の茂みがありました。私は八時《いぬのこく》ころそこへいったのですが、梓が待っていて、別墅のほうを指さしながら頷いてみせました、真壁が来ているのかと訊《き》きますと、もういちどはっきり頷き、火のついていない提灯を三度、まるく振ってみせました。

「わかった」と私は云いました、「あとは引受けたからいってくれ」

梓は会釈をして去りました。

それから約一刻、農家の若者が二た組ほど通ったほかには、人のけはいもしませんでした。月はなく、星空だが雲があるので、あたりは殆《ほと》んど闇《やみ》です。眼が馴《な》れてからも、乾いた道がほの白く、ぼんやりと見えるだけでした。――風が少し吹いていて、どこからか笛の音が聞えて来るようです。村ざとではおそらくもう祭の稽古《けいこ》を始めていることでしょう、暗い野づらの向うを見ていると、現実に笛の音が聞えて来るように思われました。

提灯の火は隈川別墅のあたりにあらわれ、打合せたとおり三度、ゆっくりと大きく円を描きました。私は深い呼吸をし、右手を眼の前へあげて、指をひらいたり拳《こぶし》を握ってみたり、それから空を見あげました。――提灯の合図を見てから、初めて気持がおちついたようで、全身にこころよい力の充実を感じました。

「おい、せくなよ」と私は呟《つぶや》きました、「一《いち》の太刀《たち》が大事だぞ」

下緒《さげお》を取って襷に掛け、汗止めをし、袴《はかま》の股立《ももだち》をしぼりました。これらはできるだけ入念に、時間をかけてやり、それから灌木《かんぼく》の茂みのうしろへ隠れました。――別墅との距離は五六町くらいでしょう、まもなく、道の向うに提灯が見え、小さく揺れながらこっちへ近づいて来ます。

「供がいっしょかな」

提灯は供が持っているのではないか、と思ったのですが、姿が見えるようになると、一人だということがわかりました。私は草履をぬいで足袋《たび》はだしになり、刀を抜いて二度、三度素振りをくれ、呼吸をととのえて待ちました。——真壁は足ばやに近づいて来、土橋を渡って、すぐ前を通り過ぎました。

二間ほどやりすごしておいて、私は道へ出、うしろからすばやくまを詰めながら叫びました。

「真壁どの御免」

そして振向くところを首の根へ一刀、返す二の太刀で存分に胴を払いました。相手は提灯をとり落し、なにか叫びながら、片手を振り、よろめいてがくっと膝《ひざ》を突きました。

「藩ぜんたいのためです」と私は云いました、「どうぞお覚悟を願います」

相手はなおなにか叫び、手を振り、そうして、その手で頭巾《ずきん》を剝《は》ぎ取りました。そのとき道の上で提灯が燃えあがり、頭巾をぬいだ相手の顔が見えました。そうです、それが杉永幹三郎だったのです。

「杉永、——」私は刀を投げだして駆け寄り、彼の肩をだき抱えました、「どうしておまえが、これはどうしたことだ、真壁綱ということだったぞ」

杉永はなにか云っています。私が斬りつけたときも、人違いだと叫んだのでしょう、おれだ、杉永だ、と叫んだ。なにか叫ぶのを私は見たのですから。もちろん彼には私がわかったでしょう、だからこそ抜き合せることもできず、おれだ、杉永だとけんめいに叫んだに違いありません。

「梓と打合せたんだ」と私は動顚《どうてん》しながら云いました、「真壁が密会するということで合図まできめてあった、いったいどうしてこんなことになったんだ」

杉永はなにか云《い》っています。だが私には聞えません、私は彼の肩を摑《つか》み、天を見あげながら叫びました。

「私の七生を賭《か》けます、もし神仏がおわすなら、一《ひ》と言《こと》だけでいい、杉永の云うことを聞かせて下さい」

だが皮肉なことに私の刀はあやまたず、充分に深く急所に達してい、杉永はそのまま絶息しました。私は彼を抱きしめて泣き、謝罪をしました。少年時代からのたった一人の友、もっとも信じあった友を、こんなふうに自分の手で殺した。耳さえ不自由でなかったら、――この気持はあなたにもわかっていただけると思う、私はすっかりわれを失い、絶息した彼を抱いたまま泣き続けました。

しかし長い時間ではなかった。ふと気がついて振返ると、西山のほうから提灯が五つ六つ、こちらへ向って走って来るのが見えたのです。梓久也なら一人の筈ですが、提灯の数から察するとかなりな人数らしい。ここで捕えられてはならない、そう思ったので、杉永の死躰《したい》に別れを云い、刀を拾い草履を捜して、泣きながらそこを逃げ去りました。

――どういう手違いだろう。

闇の中を走りながら考えました。考えるまでもなく、梓久也の裏切りだということは、初めからのことを思い合せればすぐにわかる筈です。けれども逆上している私には、そんな明白なことさえ見当がつかず、ただ「家へは帰れない」ということと、「真壁を討つまで死ねない」と思うばかりでした。

どこをどう逃げまわったかは書きませんが、和田村の治兵衛のところへおちついたときにはようやく裏切りだということに気がついていました。

――田上ら七人を売ったのも彼だ。

それも疑う余地はないでしょう。私は皮を剝いだ梓久也の正体を前にして、改めて時勢の複雑さと、その複雑な渦中《かちゅう》に生きる人間の、それぞれの心のありかたを思って嘆息するばかりでした。

たぶんあなたは、私が梓に報復するだろうとお考えでしょう。私もいちじはそう思いました。こんな無慚《むざん》な裏切りはない、どれほど非情な人間にも、こういう酷薄なまねはできないだろう、杉永のためにも生かしてはおけない。そう思ったのですが、治兵衛の住居に移ってから、それは違うと考え直しました。

——方法こそ残酷きわまるものだが、梓も自分の利欲でやったことではない、彼は彼の立場で、もっとも効果のある手段をとっただけだ。

私たちが私たちの信念によって行動するように、彼もまた彼の信念にしたがったまでだ。憎むとすれば梓その者ではなく、梓を動かした「佐幕」という観念だ。梓などは問題ではない、藩の大勢を王政復古にもってゆくことが第一だ。杉永にとってもそれが本望に違いない、と思ったのです。——これで私の手記は終ります、ここにはあったことのすべてを、できる限りあったまま記しました。幸いにしてお手許《てもと》へ届いたとき、お読みになったあとでなお、私を杉永の仇《かたき》だと思われるかどうか、めめしいようだが、それをうかがえればと願わずにはいられません。

八

かれらの来たとき、おすえは煮物をしていた。油で菜をいため、干した河鯊《はぜ》をちぎって入れ、水と少量の砂糖と醬油《しょうゆ》で味付けをしてから、鍋《なべ》に蓋《ふた》をし、焚木《たきぎ》のぐあいをみた。そこへ、あけてあった勝手口から、二人の侍がはいって来て、おすえを左右からはさんだ。

「騒ぐな」と侍の一人が云った、「黙っておれの云うとおりにしろ」

おすえはその侍を見た。

「おまえには関係のないことだ」とその若侍は云った、「なにもなかったつもりで煮物を続けろ、いいか、騒ぐんじゃないぞ」

おすえは口をあけ、なにか云おうとしたが、言葉にはならなかった。侍の一人は土間を表のほうへゆき、表の戸口からまた三人はいって来た。かれらは部屋へあがり、なにか捜しているようすだったが、一人が刀を持って土間へおりて来た。

「大丈夫ここにいる」と一人が云った、「この刀があるから慥《たし》かだ」

「まる腰ででかけたんだな」

「暢《のん》びりと山歩きか」とべつの一人が云った、「風雅なことです」

他の一人が戸口へゆき、手を振りながらなにか叫んだ。すると答える声がして、まもなく五人の若侍がはいって来、狭い土間はかれらでいっぱいになった。

「朝めしの支度をしているから、まもなく帰って来るだろう、どうする」

「刀を取りあげればこっちのものだ、ここでやるか」

「いや、大事をとるほうがいい、二人は中にいてその娘を動かすな、ほかの者は外に隠れて帰りを待とう」

「梓は用心ぶかいな」

「谷川主計《かずえ》には、どんなに用心してもしすぎるということはないんだ」

「梓は用心ぶかいよ」

そんな問答をしながら、二人をおすえの側に残して、他の八人は戸外へ出ていった。残った二人は土間の隅《すみ》へさがり、一人は刀を抜いて、おすえに見せた。

「騒ぐとこれだぞ」とその若侍が云った、「いつものとおりやっていろ、谷川が帰って来てもへんなそぶりをするなよ」

そのとき戸外で叫び声がした。

「谷川だ」と一人が云った、「押えたぞ」

そして二人はとびだしていった。

この家の表に、三十坪ばかりの狭い空地がある。片側は低い赭土《あかつち》の崖《がけ》、片側は藪《やぶ》で、長いこと人が住んでいなかったのだろう、夏草の茂った中に、踏みつけ道が一と筋、赭土の崖のほうから空地へ通じている。谷川主計はその空地の中央で、かれらに取巻かれていた。

――まったく思いがけなかったらしい、主計は左の手を腰にやり、刀のないことに気づいて、かれらを見まわしながら右手をあげた。

「待て」と主計は云った、「おれはまる腰だ、そうでなくともこれだけの人数では遁《のが》れることはできない、みれんなまねはしないからおれの云うことを聞いてくれ」

「そんな必要はない」と梓と呼ばれた侍が叫んだ、「理非は明白だ、やれ」

「梓久也」と主計は手を伸ばして、まっすぐに相手を指さした、「いまおまえはなにか云った、おれの耳は聞《き》えないが、なにを云ったかは察しがつく、おれに口をきかせるな、このまま斬れと云ったろう、そうだろう梓」

「こいつにものを云わせるつもりか」と梓が叫んで刀を抜いた、「おれはやるぞ」

主計は両手をひろげて、かれらの中の一人に呼びかけた。

「吉川《きつかわ》十兵衛、おまえはこのままおれを斬らせていいのか、このままおれを斬って、それでなにか得るものがあるのか」

「こいつ」と梓久也が叫んだ。

「待て」と吉川十兵衛が手で制した、「もう逃がすおそれはない、聞くだけは聞こう」

「なんのために」と梓が叫んだ。

「吉川、みんなも聞いてくれ」と主計が云った、「みんなはおれが杉永を斬ったことでおれを斬ろうというのだろう、慥《たし》かに、おれは杉永を斬った、しかし、おれが杉永を斬ったということをどうして知った」

梓久也が踏み出そうとした。吉川十兵衛が「止めろ」と叫び、二人が左右から梓を押し止めた。

「おれが杉永を斬ったことは、たった一人しか知ってはいない」と主計は続けていった、「その男がおれを罠《わな》にかけて、おれの耳の不具を利用して杉永を斬らせた、真壁綱だと手引きをして、おれにとってはかけ替えのない友を斬らせた、梓久也がその男だ」

「こんなやつの云うことを聞くつもりか」と梓久也が叫んだ、「おれたちはこんなでたらめを聞くためにここへ来たのか」

「云え、云え」と主計はまた梓をまっすぐに指さした、「おれはきさまの罠にかかった、無二の友を手にかけたおれが、きさまを憎まなかったと思うか、梓久也、おれはきさまを斬りたかった、きさまの五躰《ごたい》を寸断してやりたかった、——だが思い直した、きさまがおれを罠にかけたのは利欲のためではない、佐幕という信念のためにやったことだ、梓久也その者の罪ではないと思ったからだ」

谷川主計はそこでかれらを見まわした、「これ以上くどいことは云わない、あとはみんなの判断に任せる、久也の眼とおれの眼を見比べてくれ、いま云ったおれの言葉に対して、久也がなんと云うか聞いてくれ、そしてもし彼の云うことが正しいと思ったらおれを斬るがいい、また、おれの云うことが信じられるなら刀を貸してくれ、おれはここで梓を斬る、——さあ、梓久也に云わせてくれ」

みんなは吉川十兵衛を見た。

「梓、——」と十兵衛が云った、「なにか云うことがあるか」

梓久也は刀を取直した。

「よし」と十兵衛が頷いた、「谷川さんの刀を返せ」

一人が家の中へ走ってゆき、主計の刀を持って戻った。主計は十兵衛の顔をみつめ、受取った刀を腰に差してから静かにそれを抜いた。

——梓久也を残して、他の九人はずっとうしろへさがり、家の戸口にはおすえが怯《おび》えたような顔でこちらを見まもっていた。

峠の手《て》毬《まり》唄《うた》

一の一

やぐら峠は七曲り
谷間七つは底知れず
峰の茶屋まで霧がまく……。

うっとりするような美しい声がどこからかきこえてくる。

夜はとうにあけているが、両方から切立った峰のせまっているこの山峡《やまかい》は、まだかすかに朝の光が動きはじめたばかりで、底知れぬ谷間から湧きあがる乳色の濃い霧は、断崖《きりぎし》の肌を濡《ぬ》らし、たかい檜《ひのき》の葉や落葉松《からまつ》の小枝に珠をつらね、渦巻き、ただよいつつ峠路《とうげみち》の上まではいのぼっては流れて行く……。ここは出羽《でわ》の国最上《もがみ》の郡《こおり》から、牡鹿《おが》の郡へぬける裏山道のうち、もっとも嶮《けわ》しいといわれるやぐら峠である。酢川岳《すがわだけ》の山々が北に走っていくつかにわかれ、その谿谷《けいこく》が深く切込んだところに雄物川《おものがわ》の上流が白い飛沫《しぶき》をあげている。峠道はその谿流にそって、断崖の上を曲り曲り南北に走っているのだ。

お馬が七疋駕籠《ひきかご》七丁
　あれは姫さまお国入り
　七峰のこらず晴れました……。

　霧の中を唄声《うたごえ》が近づいて来たと思うと、やがて院内《いんない》のほうから、旅人を乗せた馬の口を取って、十四、五になる馬子《まご》が登って来た、——五郎吉《ごろきち》馬子と呼ばれて、この裏山道では名物のようにいわれている少年である。

「これこれ、馬子さん」

　馬上の旅人は唄のくぎりをまって、

「いま唄ったのは新庄《しんじょう》あたりの武家屋敷で手毬唄《てまりうた》によく聞いたものだが、この辺では馬子唄に唄うのか」

　と話しかけた。五郎吉ははしこそうな眼をふりむけながら、

「おっしゃるとおりこれは手毬唄ですよお客さん、峰の茶店のおゆきさんがいつも唄っているんで、おいらもいつか覚えてしまったんだよ」

「そうだろう、どうも馬子唄にしてはすこしへんだと思ったよ。——けれど、それにしてもこんな山奥の峠茶屋で、武家屋敷の手毬唄を聞くというのは、何かわけがあり

そうだな」

「そりゃあわけがあるさ」

五郎吉はひとつうなずいていった。

「その茶店のおゆきさんの家は、もと新庄の在で古くからある大きな郷士だったんだ。旦那《だんな》は伝堂久《でんどうきゅう》右衛門《えもん》といって、新庄のお殿さまから槍《やり》を頂戴《ちょうだい》したくらい威勢のある人だったよ」

「ほう、それがどうしてまた峠茶屋などへ出るようになったのだね」

「久右衛門の旦那にはおゆきさんのほかに、その兄さんで甲太郎《こうたろう》という跡取がいたんでさ、ところが今から五年まえ、その甲太郎さんが十八の年に酢川岳へ猪射に出たまままゆくえ知れずになってしまったんです。谷川へ落ちて死んだともいうし、江戸へ上って浪人隊に加ったともいうし。……ほんとうのことは誰にもわからずじまいでしたが、旦那はそれからすっかり世の中がいやになったといって、屋敷や田地を手離したうえ、おゆきさんと二人でこの峰の峠茶屋をはじめたというわけですよ。――だが、おいらが思うには」

と五郎吉は話をつづけた。「旦那がこの茶屋をはじめたのは、ゆくえ知れずになった甲太郎さんをさがすためじゃないかと思うんだ。上り下りの旅人のなかにもしや甲太郎さんがいやあしないかってね」

「そうかも知れないな」

馬上の旅人はいくどもうなずいた。

「いや、ほんとうにそうかも知れない、……なんにしてもお気の毒な話だ、私もそこで茶をよばれて行くとしようか」

「そら、もうあすこへ見えてますよ」

霧がうすれて、峰のあいだから朝日の光がまぶしいばかりにさしつける峠道の頂上、断崖のほうに五、六本の櫟林《くぬぎ》があって、その中に一軒の茶店がたっていた。――五郎吉が馬を曳《ひ》いて近よりながら、

「おゆきさん、お客さまだよ」

というと、十五、六になる美しい娘が走り出て来て、

「おつかれでございましょう、どうぞお休みなさいまし、五郎さん御苦労さまねえ」

と愛想よくまねきいれた。――さかしげな眼をした色白の少女で、いかにも由緒ある郷士の末らしく、貧しげな姿こそしているが身ごなし、かっこうには争えぬ気品がそなわっていた。

「今日はいいお日和《ひより》でございます」

「よく晴れたね」

「御道中もこれならお楽でございましょう。ただ今お茶をいれまする、――五郎さん遠くまでお供かえ」

娘はまめまめしく茶釜の前で働きながら少年のほうへ笑顔を向けた。

「ああ岩崎《いわさき》までお送り申すんだよ」

「おやそう、では湯沢《ゆざわ》を通ったら帰りにまた蕗餅《ふきもち》を買って来ておくれな、父さまの好物が切れて困っていたところなの」

「いいとも、買ってきてあげるよ」

このとき茶店の裏を、すんだ声で叫びながら一羽の鳥が飛び過ぎた、――旅人がおやという眼つきでふり返ると、娘は茶を運んできながら、

「郭公《ほととぎす》でございます」

といった。

一の二

五郎吉の曳いた馬が、峠を下りて見えなくなるまで見送っていたおゆきは、

「――おゆき、おゆき」

と呼ぶ声に気づいて、

「はい、ただ今」

あわてて茶盆を手にしながら中へ入った。――奥はふた間の、粗末ながら掃除のいきとどいた居間で、父の久右衛門は床の上に半身を起し、碁盤を脇へ置いてひとり石をならべていたが、娘がくるとあらぬほうを見ながら、

「いまのお客は上りかな」

「いえ岩崎へお下りですって、三十ぐらいのお商人《あきんど》ふうのかたでしたわ」

「……そうか」

「それより、ねえ、父さま」

さびしげな父の横顔を見て、おゆきはわざと元気な声をあげながら、

「いま五郎さんに頼みましたから、今夜は蕗餅が召上れますわよ」

そういって店先へ出て行った。

兄のゆくえが知れなくなって五年、ここへきてからすでに三年、口ではあきらめたといいながら、やっぱり父も兄の帰りを待っているのだ、……そう思うとおゆきの胸はかなしさにしめつけられるようだった。

久右衛門ははじめから甲太郎は酢川岳の谷へ落ちて死んだものときめていた。そして現にさがしに行った人たちは、谷川の底にしずんでいた甲太郎の鉄砲をみつけて帰ったのである。同時にまた一方では、じつは江戸へ上って浪人隊に加ったのだという妙な噂もあった。――けれどおゆきは両方とも信じなかった。山に馴《な》れた兄が酢川岳などで過《あやまち》をするはずはない、兄は生きている、きっと生きているのだ。それも噂のように江戸で浪人隊に加っているのではなく、ほんとうは京へ上って勤王党《きんのうとう》の人々と一緒に働いているに違いない、おゆきはかたくそう信じていた。

兄は日頃から王政復活ということを口にしていた。

新庄藩は佐幕派《さばくは》の勢力が強かったから、友達にも父にももらしはしなかったが、おゆきにはよく話した。

――おまえにはまだわかるまいが。

と兄は幼いおゆきにいった。

――日本はいま危い瀬戸際にいるのだぞ、いろいろ悪いたくらみを持った外国人が、四方八方から日本を狙っているのだ。しかも徳川幕府にはこれを防ぐ力がない、ただ一つの方法は、天子様をいただいて日本中の人間がひとつになり、力をあわせてこれにあたるほかはないんだ。

──日本中がひとつになるんだ、幕府も大名もない。全部の日本人が天子様をいただいてひとつになり、力をあわせて御国《おくに》をまもるんだ。

面を正していった兄の、火のような語気が今でもおゆきの耳にありありと残っている。……兄がゆくえ知れずになった時、おゆきはまだ十歳でしかなかったが、お兄さまは死んだのではない、京へいらしったのだとすぐに思った。そして久右衛門も口ではあきらめながら、心ではやっぱり生きていることを信じているのであろう。ことにこの頃では、通りかかる旅人があるたびに弱くなった老の眼を光らせながらそれとなく見送っているのであった。

──お気の毒な父さま。

おゆきはそっとつぶやいた。おゆきにはわかっている、兄はもどりはしないのだ、王政復活のために命を投出した兄だ、新しい日本ができあがるまでは帰るはずはない。けれど、それをいったら父はどんなに落胆するであろう。

──おかわいそうな父さま。おゆきがもういちどそうつぶやいた時である。新庄のほうからすさまじいひづめの音が聞えてきたと思うと、馬をあおって二人の武士が店先へ現れた、──馬上の一人が手綱をしぼりながら、

「これ娘、──」

と呼びかけた、「今朝この道を武士が一人通りはしなかったか」

「あの、お侍さま……」

「いや姿はかえているかも知れぬ。見馴れぬ男が通ったかどうだ」

「今しがた一人」

とおゆきは軒先へ出て、「五郎吉馬子の馬でお商人ふうのかたが岩崎へお下りなされました、まだ杉坂までは行くまいと存じます」

「――それだ！」

とつれの者が叫んだ。

「おくれてはならぬ、追おう」

「心得た」

二人は馬首をめぐらせると、鞭《むち》をあげてまっしぐらに峠を下って行った。

二の一

日はすでに高くあがって、深い谷底を流れる谿流《けいりゅう》の音が、断崖に反響しながらさわやかに聞えてくる、森から森へなきうつる郭公の声は、それでなくてさえさびしい山中の静けさを、いっそうものわびしくするばかりであった。

——何があったのかしら。

駆け去った二騎のあとを見送って、おゆきは妙な胸騒を感じた。

「おゆき、今のはなんだ」

「新庄のお侍さんらしいかたたちよ、襷《たすき》がけで汗止をして、袴《はかま》の股立《ももだち》を取っていました、誰かを追いかけて……」

おゆきはぴたりと黙った。——道をへだてた眼の前の雑木林の斜面から、旅支度をした一人の武士がずるずるとすべり降りて来たのだ。

——あっ！

驚いておゆきが奥へ入ろうとすると、その武士は脱兎《だっと》のようににげこんで来て、

「お願いです、こ、これを」

と、いきなり持っている物をおゆきの手に押しつけた。

「これをお預かりください、命にかえても守るべきたいせつな品ですが、前後を追手にかこまれて絶体絶命です、決してあやしい物ではありませんからどうかお預かりください」

笠《かさ》をかぶっているのでよくわからないが、まだ年若な武士である。

衣服は無残に引裂け、肩から土を浴びている。——必死の声音に胸をうたれて、おゆきは思わず、その品を受取った。それは螺鈿《らでん》ぢらしの立派な文匣《ふばこ》であった。

「——かたじけない」

若い武士は笠へ手をかけて、「七生かけて御恩は忘れません。もしまた明朝までに拙者が参らなかったら、湯沢の柏屋《かしわや》と申す宿に、沖田伊兵衛《おきたいへえ》という——あッ」

若い武士は身をひるがえして、

「追手がまいった、お願い申すぞ！」

いいざま道へ走り出た。

いま若い武士がすべり降りて来た斜面から、四、五人の追手の武士が現れたのである。おゆきは見るより早く、茶釜《ちゃがま》とならんでいる空の甘酒釜の中へ、その文匣を入れて蓋《ふた》をした。

若い武士は湯沢のほうへ飛礫《つぶて》のように走って行ったが、追手はすぐに追いついたらしい。

「えいッ」

「やあーッ」

というはげしい気合がきこえてきた。

おゆきは裸で水を浴びたように、爪《つま》さきからぞっと総毛立った、父がなにかいったらしい、けれどそれも耳に入らず、ただすさまじい斬合いの気配に全身をしばりつけられていたが、――なかば夢中でふらふらと軒先へ出て行った。

晴れあがった暖かい日差の中で、白虹《はっこう》のように刃《やいば》が閃《ひらめ》いた。人影がさっと入乱れ、鋭い叫声がきこえたと思うと、追手の一人が道の上に倒れ、若い武士は断崖のほうへ身をしりぞいた。四、五人いた追手が今は二人になっている。しかし若い武士のほうも手傷を受けたらしく、正眼にかまえた体がふらふらと揺れていた。――と、その時、湯沢のほうからかっかっと蹄《ひづめ》の音がして、さっき五郎吉の馬を追って行った馬上の武士が二人、何か大声にわめきながら乗りつけて来るのが見えた。

――ああいけない。

思わずおゆきが心に叫ぶ、

「えいッ、とう！」

絶叫が起って、追手の一人が体ごと叩《たた》きつけるように斬込んだ。若い武士は危くかわしたが、体をひねった刹那、右足を断崖から踏外したので、あっ！　と声をあげながら、毬《まり》のように谷底へ――。

おゆきははっと両の袖《そで》で面《おもて》を蔽《おお》ったが、一時に体中の力がぬけてよろよろとよろめいた、――もしそのとき走り出て来た久右衛門が支えてやらなかったら、おゆきは気絶して倒れたに違いない。

「おゆき！　入れというのがわからぬか」

「……父さま」

「しっかりせい、家へ入るのだ」

久右衛門がおゆきをかかえるようにして家の中へ入ろうとすると、馬上の武士二人と、追手の者二人が足早に近寄って来て、

「待て待て、その娘待て」

と呼止めた。――おゆきはふり返って、父の手から静かに身を放しながら、

「……はい」と臆《おく》したふうもなく相手を見た。

「いま谷底へ落ちた若者が、ここへ立寄って何か預けたそうだな、その品を出せ」

「なんでございますか」

おゆきは色もかえずにいった。

「いまのお侍さまはたしかにお寄りになりましたけれど、湯沢へ行く道をおたずねなさいましたばかりで、べつになにもお預かりしたようなものは」

「ないとはいわさぬぞ」

馬上の一人がひらりと馬を下り、鞭を片手にづかづかとおゆきの前へ立塞《たちふさ》がった。

「――でもわたくし何も」

「黙れ、今おまえは湯沢へ行く道をきかれたといったな」

「はい」

「たしかに湯沢への道をきいたか」

「……はい、たしかに」

「嘘だッ」相手はぴしッと鞭で地面をうちながら叫んだ。

二の二

「嘘だ、嘘の証拠を聞かせてやろうか、いまの男は新庄藩の家中でこの付近の地理はよく知っているのだ、なにを戸惑《とまど》って湯沢へ行く道などをきくわけがある！」

「――――」

「何か預かったのであろう、おとなしく出せばよし、かくしだてをすると」

いいながらぐいとおゆきの腕を摑《つか》もうとする、その手をぱっと払いながら、

「待たれい」

と久右衛門が割って出た。

「貴公らは新庄の御藩士と見受けるが、年少の娘をとらえて乱暴をなさるのはもっての外であろう、今こそ茶店をいたしておるが、わしもかつてはお目見以上のお扱いを受けていた、伝堂久右衛門という名ぐらいはお聞きおよびであろう」

「伝堂……あ！　待て鹿島《かしま》」

その時まで馬上にいた一人が、あわてて飛下りざま近よって来た。

「お許しください、失礼仕《つかまつ》った」

慇懃《いんぎん》に会釈して、「いずれも存ぜぬことでござる。ひらにおゆるし願いたい、拙者は新庄藩の家中にて渡部《わたべ》金蔵《きんぞう》、これは鹿島源四郎《げんしろう》と申します。じつは——お家に不忠を働いて脱走した者を追詰め、その者はただいま谷底へ蹴落《けおと》しましたが、持って逃げたたいせつな品が見あたらず、追手の者の申すにはこの家へお預けするのを見たとのことで、失礼をも顧《かえり》みずおたずねいたしたしだいでござる」

「……不忠とは、どのような不忠をいたしたのか、してまたその品とは何でござる」

「それらのことはお答えがなりかねます。もし事実お預かりになったものなら、ぜひともお差出しが願いたい」

「おゆき——」

久右衛門はふりかえって、

「おまえ何か預かったのか」

「……はい！」

おゆきは恐れ気もなく眼をあげていった。

「たしかにお預かりいたしました」

「――」

「父さまのお名が出ましたからは、もう嘘は申せませぬ、たしかにお預かりいたしました……けれど、あなたがたにお渡し申すことはできませぬ」

「それは、どうして――」

「お武家さまがわたくしに頼むと仰せられた品です。伝堂久右衛門の娘として、いちどお約束をした以上はどんなことがあってもそれを反古《ほご》にすることはできませぬ」

断乎《だんこ》たる態度であった。――鹿島源四郎はぎらりと眼を光らせ、大股《おおまた》に一歩進みながら、

「失礼だが、それでは賊臣《ぞくしん》の同類ともなることを御承知なのだな」

「お言葉が過ぎまする」

おゆきはきっぱりといった。「わたくしを賊臣の同類とおっしゃるまえに、あなた

がたが御忠臣であるという証拠をお見せくださいまし。そのうえで御挨拶《ごあいさつ》をいたしましょう、――もしまたそれが御不服で、力づくでも受取ると仰せられるなら」

「どうするというのだ」

おゆきは身をひるがえして家の中へとびこんだが、すぐに真槍《しんそう》の鞘《さや》を払って現れた。

「これは新庄のお殿さまから拝領のお槍、かなわぬながらお相手を致しますゆえ、わたくしを斬伏せてから家さがしをあそばせ」

「うぬ、――無礼なことを」

源四郎が思わずふみ出すのを、

「待て、待て鹿島」

と渡部金蔵が押し止めた。「殿よりいただいたお槍だ。無礼があってはならぬ、待て」

「だがあの品を」

「よいから待てというに」

おさえておいてふり返り、

「いまいわれた賊臣でない証拠を見せろというお言葉、いかにも道理でござる。その証拠を見せたらお渡し願えましょうな！」

「わたくしに合点がまいりましたら、お渡し申します」

「では新庄まで立ちもどり、証拠となるべきものを持参仕《つかまつ》る、そのあいだかの品は相違なくお預かり願いますぞ」

「わたくしは伝堂の娘でございます」

「――――」

じっとおゆきの眼をみつめながら、渡部金蔵は大きくうなずいて踵《きびす》をかえした。つれの者をうながして四人は去った、久右衛門はさっきから黙って始終を見ていたが。――四人の者が手負を馬に乗せ、新庄のほうへ去って行くのを見すますと、静かに娘の肩へ手をかけていった。

「おゆき、おまえは何歳になる？」

「まあ――何をおっしゃいますの。十五だということは御存じのくせに」

「立派だったぞ」

久右衛門の眼に光るものがあった。

「何もいわぬ、……立派だったぞ」

「父さま！」

おゆきは槍をおいてひしと久右衛門の胸へすがりついた。——張りつめていたればこそ、大人も及ばぬつよさを見せたけれど、その張がゆるめばやっぱり十五の少女である。喜びとも悲しみともつかぬ涙でぬれた頰《ほお》を、おゆきは赤子のように父の胸へすりつけていた。

二の三

家の中に入ると、久右衛門は改めて、

「だがおゆき、おまえ御家中の士にあれほどさからったのは、ただ約束を守るというだけなのか、ほかに何か考えがあってしたことなのか」

「——父さま」

おゆきはまだ涙にぬれている眼をあげて、けれど唇には静かな微笑を見せながらいった。

「わたくし、あの若いお侍さまのようすを見たときに、このかたは悪いことをなすっているのではないとすぐに思いました」

「どうしてそれがわかる？」

「自分で悪いことをするような人は、他人をも疑うのが普通でしょう？　あのかたはすこしもおゆきを疑わず、命にかえても守らなければならぬというほどたいせつなお品を、見も知らぬわたくしにお預けなさいました。自分は死んでもこの品は渡せないという御立派な態度は、もし父さまがごらんになったとしても、きっとおゆきと同じようになすったと存じますわ」

久右衛門は黙ってうなずいた。——由緒ある郷士の娘として、おゆきはつよさだけでなく、ものをみる正しい眼も持っていた。

「それでよく分かった。けれど……預けた本人が谷底へ落ちて死んでしまったとなると、その品をおまえはどうするつもりなのか。やがて新庄藩の者がまたとりもどしに来ると思うが」

「新庄まで行って来るには、馬で走っても明日の午《ひる》まではかかりますわ。わたくしそのあいだに湯沢へ行ってまいりまする」

おゆきは若い武士の残した言葉を思出しながらいった。

「あのお侍さまは、もし明朝までに来なかったら、湯沢の柏屋にいる沖田伊兵衛という人のところへ、とおっしゃいました。追手が来たのでそのあとはうかがいませんでしたけれど、そこへとどけてくれというおつもりに違いないと思いますの」

「もし途中でみつかったら」

「いえ、裏の断崖の水汲道《みずくみ》をつたって、杉坂《すぎさか》を越えれば佐竹《さたけ》様の御領分です。大丈夫みつからずに行って来られますわ」

「では早いほうがいいな、――いや待て！」

久右衛門はきっと道のほうを見やった。

「……なんですの」

「見張の者がいる」

おゆきが驚いてふり返ると、道をへだてた斜面の雑木林の中で、木陰にさっと身をかくした者があるのをみとめた。あいだが遠いので話はきこえまいが、今までこっちのようすを見張っていたらしい。

おゆきはそ知らぬ顔で立つと、茶釜の側へ行って焚木《たきぎ》をくべながら、静かな美しい声で唄《うた》いだした。

やぐら峠は七曲り
谷間七つは底知れず
峰の茶屋まで霧がまく……。

三の一

　雲ひとつない空にこうこうと月がかがやいていた。

　谿谷《けいこく》をはさんだ峰々は墨絵のおぼろに似て、あるいはゆるやかな、あるいはけわしい線を描きつつ酢川岳のほうへ夢のように霞《かす》んでいく。……春とはいえ夜に入ると寒気はきびしく、枯草や道の石塊にむすんだ霜が、月を浴びてきらきらと光っていた。

　おゆき茶屋のほうから猫のように足音を忍ばせて、黒い人影が峠路の折口にある大岩の陰へもどって来た。……そこには覆面の武士が三人かたまっていた。

「どうだ、あやしいようすはないか」

「何もない、——娘は居間で糸車を廻《まわ》しながら、例の手毬唄を唄っている」

「ではほんとうに渡部氏の来るのを待っているのかな」

「そうとすれば」

　と一人が身ぶるいしながらいった、「こうやって霜に打たれて見張をする必要はないぞ」

「いや、万一ということがある」

「そうだとも、渡部氏のもどって来るまでは油断してはならぬ」

そういって彼等は岩陰へ身を寄せた。

その時、――彼等のいるところから二、三十歩はなれた枯草の中を、するすると峠路の下のほうへ動いて行く影があった。身の丈に近い笹藪《ささやぶ》と雑草の中を、鼬《いたち》のようにす早くぬけて行くと、ひと曲り曲った峠路の上へひょいと姿を現した、……それは五郎吉馬子であった。

五郎吉は道傍《みちばた》の杉の木につないである馬に近寄って、平首をたたきながらひくく、

「おい兄弟、どうもへんだと思ったら、おゆきさんをねらってるやつがあるんだ、おいらはちょっと知らせに行くから、おめえここで待っててくんな、いいか、さびしくっても声を立てるんじゃねえぞ」

そういって五郎吉は側を離れた。

道を越して断崖のほうへ行くと、谷へ降りるあるかなきかの小道がある、五郎吉はまるで猿のように身軽く、その小道を伝っておゆき茶屋の裏手へと急いだ。――茶屋の裏はすぐ断崖で、その水汲道はちょうどその厨《くりや》の前へ出る、五郎吉がようすをうかがうと、ぶうんぶうんという糸車の静かなうなりのなかに、おゆきの手毬唄がきこえていた。

「……おゆきさん、——おゆきさん」

五郎吉は声をしのばせて呼んだ。

「五郎だよ、おゆきさん」

声がきこえたのか、唄がやんで厨へ出て来る娘の気配がした。——音もなく明ける雨戸、五郎吉は待ちかねてとびこむと、

「おゆきさん大へんだ、表であやしいやつが」

「静かになさい」

おゆきは急いでさえぎりながら、

「それよりあたし五郎さんの帰りを待っていたのよ、馬はどうして？　見張の人たちに気づかれやしなかった？」

「大丈夫だ」五郎吉は大きくうなずいて、

「へんなやつがいるもんだから馬をつないどいて先にようすを見たのさ、そうするとこの家をねらっていることがわかったから、裏道を伝って知らせに来たんだ。馬は大曲りの杉につないであるよ」

「ありがとう、よくそうしてくれたわね五郎さん、あたしあなたの馬を借りようと思って待っていたの、これで大切なお約束をはたすことができるわ」

「大切な約束ってなにさ」

「あとで父さまにきいてちょうだい、あたしはすぐに出かけるわ」

おゆきは若い武士の預けて行った文匣《ふばこ》を取って来ると、わけがわからずにぼんやりしている五郎吉を押しやって、

「それからお願いがあるの、あたしのかわりに糸車を廻して、あの手毬唄を唄っていてちょうだい、見張の者にあたしがいると思わせるのよ」

「いいとも。だけどおいら、とてもおゆきさんみたいな声じゃ唄えねえや」

「大丈夫よ、五郎さんの声はあたし以上だわ、頼んでよ！」

そういうともう、おゆきは裏手へとすべるように出て行った。

断崖の岩をえぐって造った桟道である。一歩をあやまっても千仞《せんじん》の谷底へ落ちてしまう。しかし馴《な》れているおゆきは身も軽く、五郎吉の通って来たのを逆になんなく峠路へ出た。……明るい月光は昼のようで、うっかりすると折口の岩にいる見張の者に発見される。おゆきは身を伏せながら、五郎吉の馬のつないであるところまで息もつまる思いでたどりついた。

三の二

おゆきは肩で息をしていた。

湯沢の町はずれにある宿、柏屋の奥のひと間で、いま沖田伊兵衛と向かい合っているのだ。

――伊兵衛は四十あまりの眼の鋭い武士で、言葉訛《なまり》から察すると薩摩《さつま》の人らしかった。うすぐらい行燈《あんどん》の光でじっとおゆきは相手の面をみつめながら、……今朝からのできごとを手短に話した。

「――御苦労でした」

話をききおわった伊兵衛は、鋭い眼にありありと感動の色をうかべながら、

「同志の者のために思わぬ御迷惑をかけました。拙者からあつくお礼を申し上げます」

「つきましては」

おゆきは容《かたち》を正して、

「この文匣の中には何が入っているのか、お聞かせ願いたいと存じます」

「……それを聞いて、どうなさる」

伊兵衛はぴりっと眉《まゆ》をあげた。──おゆきは臆《おく》せずに相手を見て、

「わたくしはあのかたを正しいおかただと存じました、けれど万一にもそうでないとしたら、失礼ではございますけれど、あなたにお渡し申すことはできませぬ」

「……もし話さぬとしたら？」

「このまま持って帰ります」

伊兵衛はぴたっと沈黙した。おゆきはまたたきもせずに相手をみつめている、……行燈の油皿でじりじりと油の焼ける音が、寝しずまった家内に生物のつぶやきのごとくきこえている。

「──よろしい、話しましょう」

伊兵衛はやがていった。「この中には、新庄藩主戸沢上総介《とざわかずさのすけ》殿の誓書が入っているのです。尊王攘夷《じょうい》を朝廷に誓い奉《たてまつ》る誓書です。──新庄藩は佐幕《さばく》論でかたまっていますが藩主上総介殿は尊王の心にあつく、ひそかに京へこの御誓書を奉り、忠節の誠をお誓い申し上げるのです」

「……まあ」

「おわかりになりましたか」

伊兵衛は静かに眼をあげて、

「佐幕派の家老たちがそれと知って、八方から邪魔をしていたのですが、ようやく同志新島貞吉《にいじまさだきち》がこれを受取る手はずをつけたのです」

「ではあのかたが……？」

「お預けした男が新島です、これで彼の役目は立派にはたせました、何もかもあんたのお蔭です、——お礼を申します」

伊兵衛は両手を膝《ひざ》におじぎをした。

おゆきはほっと溜息《ためいき》をついた。やっぱり自分の眼は正しかった、よいことをしたのだ。……兄が生きているとすれば、この人たちと同じようにどこかで天子様のために働いているに違いない、そして自分のしたことがもし耳に入ったなら、兄もきっとほめてくれるであろう。

「ではこれでお暇《いとま》を申します」

おゆきは立ちあがった。

「お待ちなさい、——帰るのはいいが、もし新庄藩の者が受取りに来たらどうなさるか」

「さあ……それは」

「この文匣がなくてはいけないでしょう」

伊兵衛はそういって座をすべり、うやうやしく紐《ひも》をとくと、中に入っていた誓書を取出し、そのあとへ手早く偽筆の誓書を書いて入れた。

「これでよい、これを持ってお帰りなさい」

もとどおり紐をむすんで差出しながら、

「せっかくのお骨折にもお礼をすることができません、しかしこの御恩は終生忘れませんよ。……それから取りまぎれてうかがわなかったが、お名前を聞かせてください」

「はい、伝堂ゆきと申します」

「――伝堂、……おゆきどの、――」

「ただ今では茶店をいたしておりますけれど、以前は郷士で父は久右衛門と申します」

伊兵衛は急にあっとひくく叫んだ。そしてしばらくはおゆきの面を茫然《ぼうぜん》と見まもっていたが、やがて驚きをしずめながらいった。

「もしや、あなたに兄さんが……」

「あります、ありますわ」

おゆきも思わず膝をすり寄せた。「甲太郎と申しますの。五年以前ゆくえ知れずになりましたが、御存じでございますの？」

「――奇縁だ」伊兵衛はうめくようにいった。

「知っています、知っていますとも。伝堂甲太郎は拙者の親友です。京ではいま尊王志士のあいだになくてはならぬ人物として活躍していますよ。――故郷に久右衛門という父とおゆきという妹がいると、いつか聞いたのを覚えていました。あなただったのですね」

「まあ……兄さまが」

おゆきはうれしさにせきあげながら、

「そんなに、立派になっていますの？」

「倒幕の戦《いくさ》が始れば一方の旗頭です。あなたのことを話したらどんなによろこぶか、……じつに思いがけぬみやげができました」

「わたくしもこれで安心いたしました」

おゆきはそっと涙をふきながらいった、「どうぞ兄にお会いになりましたら、ゆきは父さまと一緒に元気で暮しているとお伝えくださいまし」

「承知しました、――やがて日本の新しい時代が来るまで、あなたもお父上もどうか御無事で」

伊兵衛の眼にも温《あたた》かい涙が光っていた。

「おい、とうとう夜が明けたぞ」

「——ついに何ごともなしか」

峠路の岩陰から、見張役の三士がふるえながら現れた。

朝はふたたびやぐら峠に来た。谷間は渦巻く濃霧で、向こうの峰をすっかりつつんでいる。日の光はまだとどかないが、頭上の空はぬぐったように晴れて、今日もまたすばらしい晴だということを示している。

やぐら峠は七曲り

谷間七つは底知れず……。

霧の中から唄声《うたごえ》が近づいて来た。馬を曳《ひ》いた五郎吉である。彼はちらと侍たちのほうへ嘲《あざけ》りの微笑をくれ、つんと鼻を突上げながら、

峰の茶屋まで霧が巻く……。

と唄って行く。——するとその時、茶店の表が明いて、おゆきが晴々とした笑顔を見せながら、五郎吉のあとにつけて唄った。

お馬が七疋駕籠《ひきかご》七丁
　あれは姫さまお国入り……。
二人の声はまるで凱歌《がいか》のように、霧を揺《ゆす》り谷にひびいて高々と空までのぼっていった。
七峰のこらず晴れました……と。

烏《からす》

一

「おい、お文《ぶん》、起きねえか」

「……うるさいわよ」

「起きねえか、もう夜が明けたぞ」

「お黙り、勘太《かんた》」

お文は粗朶《そだ》を折って切炉《きりろ》の火へくべながら、振返って叱《しか》りつけた。

「おまえお馬鹿《ばか》さんよ、まだ日が暮れたばかりじゃないの。町へ行ったお父《と》っさんだって帰って来ないし、……おまえ鳥のくせに昼間と夜の区別もつかないのね」

「くうくうくう、かっ」

柱の止木《とまりぎ》にいた鳥《からす》の勘太は、お文に叱られたのが恥ずかしいとでもいうように、ひょいと身をすくめながら畳の上へ飛びおりた。

外は雪である。

時おり、樹《き》の枝から雪塊《ゆきくれ》の落ちる音が、ぱさっ、ぱさっと聞える他《ほか》には、ひっそりとして物音もない静けさだ。

お文は十七になる。……父親の太兵衛《たへえ》は猟人《かりゅうど》で、「野猪《のじし》の太兵衛」と云《い》えばこの附近で知らぬ者はない、猪狩りの名人であると共に、乱暴で強情で、いちど暴れだしたら手がつけられない男だった。けれど娘のお文にだけは、荒い声もかけられぬ優しい父で、どんなに乱暴をしているときでも、お文の顔を見ると仔猫《こねこ》のように温和《おとな》しくなるのが例であった。

此処《ここ》は美作《みまさか》ノ国津山《つやま》の城下から、三里ほど北へ入った鷲尾山《わしおやま》の中腹で、昼でも人の通ることなどは稀《まれ》にしかない、まして冬のあいだは雪に埋れて、十日も二十日も人の声を聞かずに過すことが珍しくなかった。……お文は此処で生まれ、此処で育って来たのだけれど、感じ易《やす》い乙女心に変りはなく、独《ひと》りで留守をする晩などはしみいるような淋《さび》しさに襲われる、……そんなとき、少しでも慰め相手になるようにと、去年の夏太兵衛は一羽の子烏を拾って来て与えた。

まだ巣立ったばかりの雛《ひな》であったが、お文は直《す》ぐに「勘太」という名をつけ、片時も肌《はだ》から離さぬように可愛《かわい》がって育てた。……勘太もよくお文に懐《なつ》いた、まるで赤子が母親のふところを慕うように、どんなときでもお文の側《そば》から離れない、殊《こと》にこの頃は人の言葉をよく真似《まね》るようになって、ふと太兵衛の口真似などをしては、お文を笑わせるのであった。

「……お父っさんのおそいこと……」

お文は炉に懸《か》けた芋粥鍋《いもがゆなべ》の蓋《ふた》を直しながらふと呟《つぶや》いた。……獲物《えもの》を町へ売りに行ったまま、もう七時《六つ半》を過ぎたのにまだ太兵衛は帰って来ない、

「なにか間違いでもあったのじゃないかしら」

そう呟《つぶや》いたとき不意に、
がらがらッ、どしん。という烈《はげ》しい物音が台所で起った。……お文は勘太が悪戯《いたずら》をしたものと思って、

「まあ、嫌《いや》よ勘太、またなにかお悪戯《いた》ね」

と云《い》いながら立って障子《しょうじ》を明けた。見ると水口《みずぐち》の戸が明いて、雪まみれになった少年が一人、のめり込んだ姿のまま倒れている、お文は愕《ぎょっ》として立竦《たちすく》んだが、これはきっと道に迷って来たのだと思い、急いで側へ寄りながら、

「あなたどうなさいました」

と肩へ手をかけて云った。

少年は顔をあげた、色の白い頬《ほお》が緋牡丹《ひぼたん》の花を散らしたように血に塗《まみ》れていた。

……お文が思わず震えながら身を退《ひ》くと、少年はその裾《すそ》へ縋《すが》りつくようにして、

「お願いです、暫《しばら》く匿《かくま》って下さい」

と嗄《しやが》れた声で云った、「私は悪者ではありません、けれども訳があって追われているんです、どうか暫くのあいだ隠れさせて下さい」

お文は少年の眼《め》を見た。

いい眼である、勘太が餌《え》をねだって身をすり寄せるときのような、濁りのない、青みのさした美しい眸《ひとみ》だった。

「……さあお立ちなさい」

「隠して呉《く》れますか」

「大丈夫きっと匿ってあげます」

「有難《ありがと》う、恩に着ます」

少年は感謝の籠《こも》った眼でお文を見上げた。

手を貸して援《たす》け起してみると、少年は右の高腿《たかもも》にも刀傷を受けていた。……抱えるようにして炉端へ連れて行ったお文は、父親が猟に出るとき持って行く薬箱を取出し、馴《な》れた手つきで直《す》ぐに傷の手当をした。

「こんなひどい怪我《けが》をしていて、よく此処まで来られましたのね」

「なにをこんな傷ぐらい」少年は薬がしみるので眉《まゆ》をしかめながら、けれど元気な声で云った。

「天子さまのために、少しでもお役に立つと思えば、足の一本や片腕ぐらい取られたって平気ですよ」

「まあ、……ではあなたは」

「ええ私は天朝さまのために働いているんです」

少年は昂然《こうぜん》と額《ひたい》をあげて云った。

二

「津山藩がどう動くか、禁裏《きんり》さまへお味方をするか幕府へ付くか、その様子をさぐるために来たんです。……お姉さんは勤王方《きんのう》でしょう」

「ええ。ええ。そうよ」

「そうだと思った。さっきお姉さんの顔を見たとき直ぐに、きっと天子さまのお味方だと思いましたよ」

「あなたは幾つになるの」お文は少年に瞶《みつ》められるのが苦しそうに、睫《まつげ》のながい眼を伏せながら訊《き》いた。

「私は十五です、名は梶金之助《かじきんのすけ》」

「……金之助さん」

「京都の土佐《とさ》屋敷にいる足軽の子です」

「十五くらいの年でよくそんなお役に立つことができるわね、やっぱりお侍さまの子だわ」

「侍の子でなくったって」

金之助は肩をあげながら「……誰《だれ》だって今はお国のために働くべき時ですよ、私たちの友達もみんな働いてます。女だって年寄だって、みんな起《た》ちあがってお国のためにお役に立つべき時なんです。……もう直ぐだ、幕府を倒して、もう直ぐ天子さまの日本になるんだ、もう直ぐ新しい日本の陽《ひ》がさしてくるんですよ」

そう云って少年は固く唇《くちびる》をひき結んだ。

津山藩の松平慶倫《まつだいらよしとも》は徳川親藩の一人であったから、領民たちの多くは幕府の恩顧を重んじ、勤王の正しいことを解しない者が多数を占めていた。……殊にお文は、父親の太兵衛が日頃から歌を唄《うた》うように、将軍さま将軍さまと云うのを知っているので、父が帰って来て若《も》し金之助の正体が分ったらと思うと、考えただけでも胸の震える感じだった。

「……ねえ金之助さま」

お文はようやく傷の手当を終りながら、

「あたしには、あなたが立派なお役に立っている人だということが分るけれど、此処は徳川の御親藩でしょう、だから世の中のことをよく知らない人たちは、あなたの立派なお役目が分らないと思うの、殊《こと》にこんな山の中に暮している者は、御領主さまの他に偉い人はないと思っているんですから。……若し父が帰って来ても今のお話は内緒にしていて下さいましね、でないとどんな間違いが起るかも知れませんから」

「知ってます、私だってこんなことを人の見境《みさかい》もなく云いはしません、お姉さまなら……よく分って下さると思ったから」

「お文、帰ったぞ、帰ったぞ、お文」

いきなり勘太が叫びだしたので、思わず二人は愕《ぎょっ》として振返った。

……その驚いた様子が面白《おもしろ》いとでもいうように、勘太は隅《すみ》の方でばたばたと羽搏《はばた》きをしながら、

「くうくう、くう、かっ、かっ」

と喉《のど》を鳴らした。

「馬鹿ねえ、吃驚《びっくり》するじゃないの勘太」

「いまのは……あの鳥ですか」

「ええそう、よく人声を真似《まね》るでしょう、あたしが馴らしましたの。……勘太、納戸《なんど》へ入っておいで、おまえお客さまに失礼よ！」

そう云っているとき、この家の表へ人の近づく気配がして、

「お文、帰ったぞ」

と呼ぶ声がした。……いま勘太が真似たのとそっくりの声である。

「大丈夫、お父さんですわ」

お文が金之助に云って立ちあがると、雨戸を明けて、雪まみれになった太兵衛が入って来た。お文は急いで簑笠《みのかさ》を脱ぐ手伝いをしながら、「お父っさん、お客さまがあるのよ」

「誰だ、……見馴れねえ人だが」

「院《いん》ノ庄《しょう》の武家屋敷へ御奉公していた人よ、国許《くにもと》からお母さんが急病だという知らせが来たのに、お屋敷ではお暇を呉れないのですって、それで逃げだして来たのだけれど、……途中で転んで足に怪我《けが》をなすったのよ」

「それはお気の毒な、……傷は重いのか」

「いまお手当をしてあげたわ、今夜ひと晩泊めてあげたいのですけど、いいわね」

「そんなこたあ訊《き》くまでもねえ」

「それに、……そのお屋敷から追手が掛っているのよ。いいえ、なにも悪いことをした訳じゃないの、約束の年期が切れないのに逃げだしたっていうので、それで追手を寄越したんですって」

「そんな無道理なお屋敷が今でもあるのかなあ、お侍の家風もだんだん悪くなるばかりだ。……湯をとって呉んな」

「はい唯今《ただいま》。……お父っさん、その追手が来たら匿ってあげて下さいましね」

「いいとも、おらに任せて置け」お文が洗足盥《せんそくだらい》へ湯を汲《く》んで来たとき、……坂を登って来る四五人の人声が聞えた。

「あ！　追手だわ」お文は盥を其処《そこ》へ置くと、「金之助さま、早く」

「お文、納戸へ入れてあげろ、空き葛籠《つづら》の中へ入って、壁にある熊《くま》の皮を上から……」

「ええ分ったわ」

上へ駈《か》けあがったお文は、金之助を援け起して納戸へ入って行った。

三

「明けろ、明けろ」

雨戸を叩《たた》きながら呼び立てる、そのひと声ずつがお文には、まるで胸へ錐《きり》を揉込《もみこ》まれるように思えた。

「明けないか！」

「どうぞお明け下さいまし」太兵衛はお文に手伝わせて、態《わざ》とゆっくり足を洗いながら云った。

「山家《やまが》のことで別に鍵《かぎ》もございませんから」

半分まで聞かず、荒々しく戸をひき明けざま、五人の侍たちが土間に入って来た。

「なにか御用でございますか」

「……此処へ少年が一人来た筈《はず》だ」先頭にいた一人が、簑の下で大剣の鍔元《つばもと》をぐっと握りながら云った、

「我々は足跡を跟《つ》けて来たのだ、この雪で他へ行く筈はない、来たであろうな」

「隠しでもするとその方共のためにもならんぞ」

「何処《どこ》にいる、出せ！」

侍たちの喚《わめ》きたてるのを、太兵衛は静かに聞いていたが、

「この通り狭い山家で、隅《すみ》から隅までお見通しでございます、わしもいま町から帰って来たばかりですが、……その足跡というのはわしのではございませんか」

「黙れ、そんな子供騙《だま》しに乗る我々ではない」

「ええ面倒だ、家捜《やさが》しをしろ」

止める隙《すき》もない、そう叫ぶと共に、五人の侍は土足のまま上へとび上った。……見るなりお文はあっと声をあげようとしたが、太兵衛はそれを眼で叱って、

「どうぞ御存分に」と平気な声で云った、「……障子の向うが台所、右の襖《ふすま》は納戸でございます。剝《む》いたばかりの熊の皮がございますから、お手を汚さぬようになさいまして」

——神さま、どうぞお護り下さい。

お文は固く眼を閉じて祈った。——どうぞ金之助さまが御無事でありますように、あの子はお国のために命を捨てて働いているのです、どうぞお護り下さいまし。

一秒が一日ほどの長さにも思えた。

侍たちは有《あら》ゆる物を引繰《ひっく》り返し、どんな隅をも残さず突き廻《まわ》した。納戸の中とて同

様である。然《しか》し「剝いたばかり」という熊の毛皮には、さすがに無気味で手がつけられなかったのか、やがて失望した様子で出て来た。

「いないらしい」「とすると石谷《いしがや》の方へ行ったのか知れぬ」

「足跡はたしかに此方《こっち》だったが」

そんなことを呟きながら、五人とも土間へ下りる。とたんに……納戸の中から、金之助の声で、

「もう行きましたか」

と云うのがはっきりと聞えて来た。

みんな一時に振返った。太兵衛も、お文も、もう駄目《だめ》だと思った。……五人の侍はそれより疾《はや》く、脱兎《だっと》のように納戸へ殺到した。

——神さま！

お文はぎゅっと胸を抱き緊《し》めた。

然《しか》しがらっと襖を引明けたとき、納戸の中から烏の勘太が、ばたばたと烈しく羽風をたてながら飛びだして来たので不意を食《くら》った五人の侍たちはあっと身を退《ひ》いた。

「もう行ったか」

勘太はそのままひょいと止木《とまりぎ》へおりながら叫んだ。……いまの金之助の声によく似

ている、

「くうくう、もう行ったか、行ったか」「………」

「お文、起きねえか、夜が明けたぞ。くうくう、かっかっ、お文、もう行ったか」侍たちは茫然《ぼうぜん》と、眼を瞠《みは》ったまま勘太の叫ぶのを見戍《みまも》っていた。……救われたのである、お文はほっと太息《といき》をつきながら、

「わたくしの鳥でございますの」

と侍たちに説明した、「……よく人声を真似ますので、皆さんがたびたびお間違えになりますわ、勘太、此方へおいで」

「なあんだ、人真似鳥か」

侍たちは苦笑しながら、

「まるで鸚鵡《おうむ》のようなやつだな」

「吃驚《びっくり》させ居《お》った」

そう云って土間へ下りた。……そして、そのまま立去ろうとしたが、中の一人が戸口で振返ると、

「騒がせて気の毒だったな、許して呉れ。その少年というのは勤王浪士の手先なのだ、若しみつけたら捕えて呉れ」

「勤王浪士の手先ですと」

「斬《き》り倒しても御褒《おほめ》が出る、銀十枚だぞ」

そう云って侍たちは立去った。

太兵衛はそれを見送ってから、炉端へ坐《すわ》ってお文を側《そば》へ呼んだ。……そして町から買って来た包を解きながら、

「それ、お土産だぞ」

「まあ……あたしに？」

「明けてみろ」

お文は外でまだ侍たちが聴いているかも知れないと思ったので、態《わざ》と大きな声をあげながら包を解きにかかった。

四

包の中から出たのは貧しい土の雛《ひな》人形だった。

「あらお雛さまね。……まあ可愛《かわい》いこと」

「安物だがな、もう直ぐお節句だから買って来たのよ、安物で気に入るまいが」

「いいえ、いいえ！」

お文は小さな雛を犇《ひし》と胸へ抱き緊《し》めながら、

「嬉《うれ》しいわお父っさん、あたし欲しかったの、ちょうどこんなくらいなのが欲しかったのよ。嬉しい……あたし泣きそうになってしまうわ」

「そんな物が、そんなに嬉しいか」

太兵衛はふっと眼をうるませた。

「……尤《もっと》もおまえには貧乏ばかりさせて、今日まで紙人形ひとつ買って遣《や》れなかったからな。金さえあれば大きな雛段へ、いっぱいお雛様も買ってやれるし、綺麗《きれい》な着物だって、紅白粉《べにおしろい》だって、髪油も簪《かんざし》も、なんでも好きな物を買って遣れるんだが、おらはこの通りしがねえ猟人だから」

「いや、いやよお父っさん、そんなこと云うとあたし怒るわ。あたしお父っさんが丈夫でいつまでも父娘《おやこ》仲良く暮せたらそれがいちばん仕合《しあわ》せなんですもの」

「仕合せというものをおまえは知らないからそう云うんだ、本当の仕合せというのはな……」

云いかけたまま、ふと太兵衛は言葉を変えた。

「お文……もういいだろう」

「お客さま？」

「お侍たちはもう谷へ下りた時分だ、おまえは早く支度《したく》をさせて、今のうちにお逃し申しな、この裏から鷲尾の峰を越えて行けば神庭《かんば》へ出られる、あの猫岩《ねこいわ》の道をよく教えてあげろ」

「お父っさんはどうするの」

「おらは谷の方を見張ってる。……また戻って来ると面倒だから早くしろよ」

そう云って太兵衛は出て行った。

お文は直ぐに納戸から金之助を連れ出して来た。……金之助はさっきの失敗を恥じている様子で、顔を赤くしながら詫《わ》びた、

「済みません、息が苦しかったものだから」

「いいのよ、勘太が大変なお手柄《てがら》をしたから却《かえ》って疑いを晴したくらいですわ。それより……直ぐお立ちなさいまし」

「そうします、御迷惑をかけました」

「お泊めしたいのだけれど、また戻って来ないとも限りませんから、今のうち逆の方へ逃げる方がいいわ」

云いながら手早く身支度をしてやる。……少年は傷ついた右足を曳《ひ》くようにして、

然し元気な様子で裏口へ出た。

「その雑木林の中に道があるでしょ、林が明いているから分ります、それを真直《まっすぐ》に登ると左に猫のような形をした岩が見えますわ、その岩の向うを右へ登るとこの山の峰ですから、それを越して谷沿いにいらっしゃい、そうすれば神庭へ行けます」

「分りました、ではお別れします」

「どうか御無事で……」

「今夜の御恩は忘れません、若《も》し生きていられたら、いつかまたお眼にかかりに来ます」

「待っていますわ、金之助さま」

「では左様なら、お姉さん」

金之助は、泪《なみだ》にうるんだ眼で昵《じっ》とお文の顔を見戍《みまも》った。……お文も少年の眼を、まるで自分の頭に焼付けたいとでもいうように瞶《みつ》めた。

金之助は去って行った。

雪のなかを、片足を曳きずりながら、それでもかなり敏捷《びんしょう》な足どりで去って行った。……お文は長いあいだ見送っていたが、やがて力の抜けたような気持で家へ入った。

——到頭、行ってしまったわ。

そう思ってふと気付くと、父親がまだ帰っていない。……まだ表で見張っているかと、急いでみたが、表にも姿が見えなかった。

「お父っさーん」

お文はなんども呼んでみた。

然し自分の声が木魂《こだま》を返すばかりで、何処からも父の返辞は聞えて来なかった。

……お文は急に不安になった、「金さえあったら」と呟いていた父の顔つきと、

——褒美《ほうび》には銀十枚やる。

と云った時の言葉とが頭の中で渦《うず》を巻いた。

お文は家の中へとび込んだ。……鉄砲が無かった、さっきまで壁に架けてあった鉄砲が見えない。お文は身を震わせて立竦《たちすく》んだ。

「お父っさんは、……お父っさんは」

鉄砲を持って少年を狙《ねら》っている姿が見える。

勤王浪士の手先、銀十枚の褒美。……太兵衛がこれを見逃す筈はない、彼はいま鉄砲を持って金之助を狙っている。お文は狂気のように裏口からとびだした。

「いけない、あの人を射《う》っては、……あの人はお国のために働いているんです、お父

っさん」

お文は雪のなかを、毬《まり》のように転げながら走って行った。

五

明治五年（一八七二）の秋のなかばであった。

麻買い商人《あきんど》と見える旅人が二人、曾《かつ》て野猪《のじし》の太兵衛とその娘の住んでいた家の横手で、小さな墓石を見ながら、土地の農夫の話を聞いていた。

「……それで娘は、その子供の身代りになって、鉄砲に射たれて死んでしまったのです。親父《おやじ》の太兵衛は野猪という綽名《あだな》のある暴れ者でしたが、自分の射ったのが娘だということを知ると、その場から行方知れずになってしまいました。……なんでも高野山《こうやさん》へあがって坊主になったとか、雲水《うんすい》姿でお遍路をしているとか申しますが、本当のところはいまだに分らないのでございますよ」

「さても気の毒な話だ」

旅人たちは溜息をつきながら、

「御維新になるまでは、色々な人が色々苦労や悲しいめに遭ったのだな。……まあお花でも供えて行くとしよう」「いい土産話ができました、お礼を申します」

二人は道傍から野菊を折って来て供えると、小さな墓の前へぬかずいて唱名《しようみよう》したのち、農夫と一緒に坂を下って立去った。

すると程なく、いま旅人たちの去った方から、陸軍中尉《ちゆうい》の軍服を着た青年が一人、足早に登って来て太兵衛の家の前に立った。色白で、眼の美しい美青年である、

「……ああいない」

立ち腐れになった家をひと眼見て、如何《いか》にも落胆《がつかり》したように青年は呟いた。

「出世した姿を見て貰《もら》い、あの晩のお礼も云いたかったのに。……やっぱり、会えない気がしていたのが本当になった、残念だな」

梶金之助である。

今では陸軍中尉で、大阪鎮台に勤務しているが、賜暇《しか》を貰って土佐へ帰る途中、この津山へ廻《まわ》って来たのであった。……彼はなにも知らない、お文が自分の身代りになって父に射たれたことも、太兵衛が行方知れずになったことも、なにも知らないのである。

曾《かつ》て危い命を救われた家は荒れに荒れ、あたりは芒《すすき》が生い茂っている。……金之助は去り難《がた》い様子で、やや暫くのあいだ廃屋の周りを歩いていたが、やがて思い切った

ように、然し渋りがちな足どりで元来た方へと去って行った。

静かである……。

山のよく澄んだ空気に、秋の光が匂うほど輝いている。時おり微風が来ると、樹々《きぎ》の枝から枯葉がはらはらと散り落ちる。

「……くうくうくう」

低い鳥の喉声《のどこえ》が聞えた。

誰も気付かない墓の横手に、一羽の鳥が寒そうに身を竦《すく》めている。……散り落ちる枯葉が乾いた音を立てると、彼はつむっていた眼を明け、身震いをして叫ぶ、

「お文、起きねえか、……お文」

ひどく嗄《しやが》れた声であった。「もう夜が明けたぞ、起きねえか、お文」

さあっと枯葉が渦を巻いた。……鳥は再び眼をつむった。まるで墓守りでもあるかのように、いつまでも其処《そこ》に立つくしていた。

城中の霜

一

安政《あんせい》六年（一八五九）十月七日の朝、掃部頭《かもんのかみ》井伊《いい》直弼《なおすけ》は例になく早く登城をして、八時《五つ》には既に御用部屋へ出ていた。今年になって初めての寒い朝であった。大老の席は老中部屋の上座にあり太鼓張りの障子《しょうじ》で囲ってあるし、御間焙《おまあぶ》りという大きな火鉢のほかに、側《そば》近く火《ひ》桶《おけ》を引寄せてあるが、冴《さ》えかえった朝の寒気は部屋全体にしみ徹《とお》って、手指、足の爪先《つまさき》など痛いように凍《こご》えを感じた。

然《しか》し冴えかえっているのは寒気だけではなかった。常には賑《にぎ》やかな若年寄の部屋もひっそりとしているし、脇坂安宅《わきさかやすおり》、太田資始《おおたすけもと》、間部詮勝《まなべあきかつ》以下の居並んでいる老中部屋も、破れたギヤマンの角を思わせるような、鋭く澄徹《すみとお》った沈黙に蔽《おお》われていた。後に安政大獄と呼ばれた大疑獄が、まさに終段に入りつつある時だった。遽《あわただ》しく出入する御同朋頭《どうぼうがしら》や御部屋坊主たちも、みんな蒼《あお》ずんだ顔をしていたし、往来する老中、若年寄の人々も落着きのない眼を光らせていた。間部詮勝と脇坂安宅の前には、書類のはみ溢《あふ》れた御用箱があって、扇が（済んだ書類を挟んで次へ廻すもの）休む間もなく次から次へと動いている……これらの眼まぐるしい活動は、圧《お》しつけられるような静かさのなかで、然《しか》も極めて忍びやかに繰り返されているのだが、それにも拘《かか》わらず、老中部屋の空気は、まるで巨大な樹木が眼に見えぬ旋風に挑みかかるかのように震撼《しんかん》していた。

隔《へだ》ての障子の中では、井伊直弼が頻《しき》りに、右の襟首《えりくび》へ手をやっては眉《まゆ》を顰《しか》めていた。肥満した、脂肪質の彼は、二三日まえから襟首に出来ている面皰《めんぼう》が、着物の衿《えり》に触れては不快な感じを伝えるので、そのたびに手をやって揉《も》み出そうとするのだが、いっか小豆《あずき》ほどもある脂肪の塊を包んだ皮膚は、指で圧迫する毎《ごと》に鋭く痛むだけで、いっかな口を明こうとしないのである。……九時《五つ半》の土圭《とけい》が鳴った。そして間もなく、御同朋頭が町奉行石谷因幡守《いしがやいなばのかみ》の参入を報じた……直弼は頷《うなず》いて、引寄せてあった火桶を押しやった。因幡守穆清《あつきよ》は蒼白い痙攣《ひきつ》ったような表情をしていた。彼が大老の前に着座すると共に、若年寄の部屋も老中部屋も、廊下の隅々《すみずみ》までがひっそりとなり、今までの静けさとは違った更に底寒い沈黙に包まれるのが感じられた。

「御裁決の罪人の処刑を終りました」

「……御苦労」

「飯泉喜内《いいずみきない》、頼三樹三郎《らいみきさぶろう》」

そこで穆清は口を噤《つぐ》んだ。直弼は太い眉の下にある大きな眼で、ひたと穆清の顔を見下ろしたまま黙っていた……然しその息詰るような沈黙は、間もなく直弼の韻の深い声で破られた。

「それだけか、もう一人あった筈《はず》だ」

「……………」因幡守は眼を伏せた。

「越前《えちぜん》の橋本左内《はしもとさない》はどうした」

穆清は唇《くちびる》を顫《ふる》わせながら面《おもて》をあげた。

「今朝、死罪と御達しがございましたが、橋本左内は既に遠島《えんとう》と決定しておりますので、若《も》しやなにかの御手違いかと……」

「死罪だ、橋本左内は死罪だ」直弼は圧しつけるように云《い》った。

絶望の色を浮べたまま穆清は退出した。……その遽《あわただ》しいすり足の音は、老中、若年寄、御部屋係の凡《すべ》ての人々の注意を集めながら消えて行った。直弼は再び火桶を引寄せながら、

「坊……茶を持て」と声高に命じた。

茶を汲《く》んで来た御部屋坊主は、常々直弼に愛されている男であったが、今朝は人が

違ったように怯々《おずおず》して、天目《てんもく》を進める手は見えるほど震えていた。直弼は茶を啜《すす》りながら、のしかかって来る強大な、おそろしい拡《ひろ》がりをもった眼に見えぬ敵を、自分の全身でがっちり受止めようとするかの如《ごと》く、その幅の広い肩をあげ、眼を瞠《ひら》いてじっと空を睨《にら》んでいた。

十時《四つ》少し過ぎてから、再び因幡守穆清が参入した……今度は落着いていたが、それはどこか虚脱したような力の無いものだった。

「左内の処刑を終りました」

「……御苦労」

「まことにあっぱれな最期《さいご》でございました、従容《しょうよう》として辞世の詩を認《したた》め、静かな微笑さえ見せながら、帰するが如く」

「あれもか、あれも……従容《しょうよう》として……」直弼が相手の言葉を遮って、まるで憎悪《ぞうお》に堪《た》えぬもののように低く呟《つぶや》いた、「莞爾《かんじ》と笑い……辞世の詩を詠《よ》んでか、あの男もそんな……そのような」

「まことに見事な死にざまでございました」

穆清はそう云って退《さが》った。直弼の顔に表われた侮蔑《ぶべつ》の表情は、なかなか消えなかった。彼はなんども口のなかで……莞爾と笑い、従容として、帰するが如く。などと呟きながら、極めて不愉快そうに、その大きな唇をひき歪《ゆが》めた。それから再び手をあげて、襟首の面皰を採み出そうとした。指に力を籠《こ》め、歯を食いしばりながら……太い眉毛がきりきりと顰《ひそ》んだ。

二

因幡守穆清が役所へ退って来ると、囚獄奉行の石出《いしで》直胤《なおたね》が待っていた。

「……御首尾如何《いかが》でございました」

「事実は申せなかった」穆清は吐き出すように云った、「……橋本左内は従容として辞世の詩を詠み、静かに笑って死んだと申した、そのもともその心得で、みなの者に申し含めて貰《もら》いたい」

「自分もそのように思いまして、取敢《とりあ》えず一同の口を止めて置きましたが」

「あれほどの人物を、未練者と呼ばせたくないからな、然し不審なのは大老の御ようすだ、とんとげせぬことがある」

「なにごとか、ございましたか」

「静かに笑って死んだと申上げた時、非常に不愉快そうな顔をされて、あれも従容として死んだか、あれも……二度まで独言《ひとりごと》のように呟かれた、辞世を詠み帰するが如く死んだということが、此《こ》の上もなく機嫌に触ったような口ぶりであった」

「よもや事実が御耳に入っていたのではございますまいな」

「或《ある》いはそうかも知れぬ、が、なんと云ったらいいだろうか、とにかくあの不機嫌さは別のものだ、まるで解《げ》せぬ」

直胤は待っていた用を切りだした。

「実は……左内の遺骸《いがい》を引取りにまいっている者があるのですが」

「引渡して宜《よろ》しかろう、何者だ」

「石原甚十郎《いしはらじんじゅうろう》と申す者の他《ほか》に三名、越前家ゆかりの者と申しますが」

直胤は愴惶《そうこう》と退出した。

穆清はその日は私宅に帰る番に当っていたので、午後三時《八つ半》が過ぎると駕《かご》で役所を出た。彼は橋本左内を助けようとして、遂《つい》に出来なかったことが、自分の責任のように思えてならなかった……吉田松陰《よしだしょういん》も小林民部《こばやしみんぶ》も、頼三樹三郎も梅田雲浜《うめだうんぴん》も、その他多くの志士たちは直接、幕政に反抗して矢表《やおもて》に立つ者だった。けれど橋本左内は彼等とは違っていた。彼は尊王論者ではあったが、同時に佐幕と開国を主張としていた。その説は最も穏健で、然も斬新《ざんしん》卓抜であった。——日本の国防を完全にするには、満州《まんしゅう》から蒙古《もうこ》あたりまで注目していなくてはならない。そのためには魯西亜《ロシア》と提携すべしだ。左内のそういう説は、幕府の外交策にも大きな試案として役立ちつつあった。国土の遠隔な英、米、仏などと手を握るよりは、直《じか》に日本の北辺へのしかかっている魯西亜と同盟を結び、満蒙の地を我が注目圏内に置こうとする事の方が、どんなに緊要で且《か》つ合理的だかということは、当時多少の眼をもつ者なら誰にも合点がゆくことだった。穆清は予《かね》てから左内の「日魯同盟論」に傾倒し、それがいつか幕府の外交策として採択される日の来ることを固く信じていた。だから今日になってとつぜん、左内の罪は遠島を改めて死罪とする。という達しが出たときは、茫然《ぼうぜん》として為《な》すところを知らなかったのである。

然し老中、若年寄のあいだにも、ひそかにその裁決を過酷だとする空気があるのを察したので、飯泉喜内と頼三樹三郎の刑を終り、その復命に出たとき態《わざ》と左内の名を口にしなかった。若し咎《とが》められずに済んだら直《す》ぐ遠島にしてしまおうと思ったからだ……そういう僅《わず》かな法規上の手落から、死罪の者が助かった例は一二ではない。穆清はそれを覘《ねら》ったのだが遂にその苦策も無駄だったのである。その苦心が無駄だった許《ばか》りでなく、彼は刑場でもっと堪《たま》らないものを見なければならなかった。それは武士として、彼が今日まで経験して来たどんな場合よりも苦々しく、且《か》つ痛ましい光景であった……痛ましく感じ、苦々しいと思ったのは穆清だけではない。その刑場に立合った者のなかには寧《むし》ろ驚愕《きょうがく》し、明らかに軽侮の舌打をした者もあった。そのありさまが今でも歴《あり》ありと見える。刑場の白々とした広さと、断頭の刃の下の左内の姿が、そして役人たちの動揺した表情が。――未練な！　穆清は左内の胸中を察し得るだけに、それを痛ましいと思う同じ気持で立腹を感じた。

其処《そこ》には囚獄奉行をはじめ卑《いや》しい獄卒まで見ているのだ。介錯《かいしゃく》の者は首斬《くびき》り役人ではなく特に某藩の士を頼んである。たとえばどのように無念な死であろうと、左内が武士なら覚悟すべき場合である。嘘《うそ》にも静かに武士らしく死すべき時であろう。……名こそ惜しけれ、武士の値打はその死に際《ぎわ》を見なくては分らぬ。穆清は駕の中で繰り返してそれを考えていた。私邸へ着いたのはもう黄昏《たそがれ》であった。……十日に一度の帰邸なので、妻子も揃《そろ》って出迎えたが、寛《くつろ》ぐ暇もなく家士が訪客を知らせて来た。「橋本左内にゆかりのある者だと申します」

三

左内ゆかりの者だと聞いて、穆清は直ぐ客間へ通らせ、自分も支度《したく》を改めて出ていった。客は二十ほどの娘だった。髪かたちで武家の者だということは直ぐ分る、やや浅黒い頬《ほお》の凜《りん》と緊《しま》った、紅をさしたように紅《あか》い小さな唇許《くちもと》に、控えめながら勝気らしさの表われている、どこか寂しい顔だちである……彼女は福井《ふくい》藩士、喜多《きた》勘蔵《かんぞう》の二女香苗《かなえ》と名乗った。

「それで、お訪ねの用件は」

「まことに不躾《ぶしつけ》なお願いでございますが、このたび左内が遠島の御裁きを改められ、死罪となりましたに就《つ》き、どのような仔細《しさい》がございましたものか、また……死に際のことなどお伺い申したいと存じまして」

「どうしてそれをこちらへ訊《き》きにまいったのか」

「こなたさまならばお明かし下さるであろうと、さる方より教えられましたので」

穆清は二三の人物を空に描いたが、おそらく石出直胤であろうと思った。

「して、おもとは左内どのとは」

「また従兄妹《いとこ》に当っております」

そう云ってふと伏せた眼許に、陽炎《かげろう》のようなものがはしるのを穆清は見た。それはきわめて微《かす》かな、眼に見えたというより、直感に触れた程度のものではあったけれど、穆清はふと胸をしめつけられるように思った。

「死罪に改められた点に就いては、御政治向のことでなにも申す自由を持たぬが、最後の有様だけはお伝えしよう」「……はい」「獄中に於《お》ける左内どのは、まことに師表《しひょう》たるべき日常を送られた、後に下げ渡す時期も来ようが、資治通鑑《しじつがん》を注し教学工作を論じて一書を作り、また獄制論などを書いておる、敦《いず》れも一代の見識として推賞すべき文字であった……若年ながら達人の風格をもたれていたためか、獄吏たちも一様に敬服し、また格別の思召《おぼしめし》を以《もっ》て在獄中は充分に礼が尽されていた」

娘は一言も聞き漏らすまいとするように、膝《ひざ》の上に手を揃え、じっと眼を閉じ頭を垂《た》れて聴いていた。

「今朝、死罪の達しのあった時だ」穆清は静かに続けた、「牢《ろう》役人が呼出しにまいると、左内どのは静かに座を起《た》って戸前口を出られた、戸前口は四尺に三尺しかなく、どのように剛胆者でも死罪と決って是《これ》を出る折には、身が竦《すく》んで必ずどちらかへ軀《からだ》を打当てるものだ、然《しか》し左内どのはいかにも落着いて、殆《ほと》んど衣服も触らず、すっとぬけ出られたという……見ていた役人は我知らず、おみごとと申してしまったということだ」

その話は、彼が石出直胤から直接聞いたものである……娘は然し彼が期待していたような感動を表わさなかった。

「牢を出ると、其処《そこ》で、春嶽《しゅんがく》侯から差遣《さしつか》わされた新しい衣服、裃《かみしも》に着替えた……これは申すまでもなく曾《かつ》て前例のないことで、いかに左内どのが礼を篤《あつ》くされたかお分りであろう」

「……忝《かたじけ》ないことだと存じます」

「刑場へ直られてからは」そう云いかけて穆清はちょっと眉を顰めたが、直ぐ口早に続けた、「既に覚悟は決っている様子で、用意の筆墨を引寄せて辞世の詩を書かれ、極めて静かに、微笑さえ含んであっぱれな最期を遂げられた、太刀《たち》取りは獄吏でなく、特に某藩の士を選んでさせたが、此の者もさすがは一代の傑物と」

「暫《しばら》く、暫くお待ち下さいまし」娘はふと眼をあげて云った、「それでは、辞世の詩を詠み、静かに笑って、死んだのでございますか」

「これがその辞世の詩だ」

穆清は反問には答えず、ふところから折畳んだ紙片を取出して娘の手に渡した、娘は少し退ってしずかにそれを披《ひら》いたが、そのなめらかな皮膚に包まれた手は見えるほど震えていた。

苦冤難洗恨難禁、　俯則悲傷仰則吟

昨夜城中霜始隕、　誰知松柏後凋心

彼女はやや暫くその文字を瞶《みつ》めたまま、その円い肩を波うたせていた。

香苗は間もなく因幡邸を辞した。……冬の短い日はもう昏《く》れて、街にはすっかり灯《ひ》が点《つ》いていた。今夜もまた凍《い》てるのであろう、風もないのに空気は冷えきって、足元から這上《はいあが》る寒気は骨までしみ徹るかと思われる。香苗は両袖《りょうそで》で確《しっか》りと胸を押えながら歩いた。ふところへ入れて来た辞世の詩に籠《こも》っている左内の心を、その寒さから護《まも》ろうとでもするように、……辻《つじ》へ出ると灯の明るい商家の街になった。往来の人々が寒さに身を縮めながら、追われるように前後へすれちがった。——どうしたのかしら、この感じは。どうしてもぴったりとしない気持が、いつまでも香苗の心に棘《とげ》を残していた。——あんなに精《くわ》しく聞いたのに、少しも左内さまの御最期という感じがしない、左内さまがどんな人であるかということは、香苗がいちばんよく知っていた筈《はず》なのに。彼女は腑《ふ》におちない気持で幾たびもそう呟いた。

四

香苗は左内と三つ違いだった。二人とも福井の国許《くにもと》で生れ、また従兄妹という縁もあったし、屋敷も近かったので、幼い頃からよく往来《ゆきき》して知合っていた。左内は色の白い、眉の秀《ひい》でた小柄の美少年で、口数の寡《すくな》い、極めて温和な、どちらかというと少女のような優しい性質をもっていた。父の長綱《ながつな》が藩医であったため彼も早くから文学に入ったが、忽《たちま》ち俊英の才を顕《あら》わして、十五六の頃には既に福井藩中に其《そ》の名を知らぬ者がないと云われるに至った。

香苗はいまでもその頃の事を生々と思い出す。当時、左内はもう藩儒吉田《よしだ》東篁《とうこう》の門に入って、常盤《ときわ》町の家から毎日通学していた。いつも片方の眉をきりっとあげ、書物の包を左手に抱えながら一人で静かに歩いて来る、……どこかひ弱そうな、憂《うれ》いのある白皙《はくせき》の顔に、乱れかかる髪の二筋三筋が、どうかすると艶《なま》めかしいほども美しい印象だった。香苗が十二(数え年の十四歳)の初夏のことである。下女を伴《つ》れて買い物に出た帰り、幸橋《さいわいばし》筋を曲ろうとすると、左内が豊島の馬場の方へ行くのをみつけた。ふと立止って見ると、同年輩の少年が五人、まるで護送するように、少し離れて前後を取囲みながら付いてゆく、その少年たちがいま評判の乱暴者で「青竜組《せいりゅうぐみ》」などと称し、城下街を荒し廻っている仲間だと気づいた香苗は、下女を先に帰して置いて彼等の後を追った。少年たちは馬場外の雑木林の中へ入ると、左内を中心に円陣を作った。左内は静かに見廻してなにか云《い》った。香苗の隠れている場所からは、彼の言葉は聞えなかったが、直ぐ蒔田《まきた》金五《きんご》という少年がそれに押し被《かぶ》せて喚《わめ》きだすのはよく聞えた。金五は、左内を柔弱者だと罵《ののし》った。生白い面《つら》をして、女の腐ったような奴《やつ》だと、罵詈《ばり》悪口《あっこう》した末に、喜多の香苗と猥《みだ》らな仲だと云った。香苗はそれを判《はっ》きりと聞いた、言葉の意味は本当には分らなかったが、なにかしらん罪深い、禁断の帷《とばり》の奥をいきなりあけて見せられたような、胸苦しい羞恥《しゅうち》と忿《いか》りに身の震えるのを覚えた。

左内は静かな、然し鋭い声で、——それは嘘だ。と云った。——根も葉もないことを云うものではない、自分は男だからよいが、女には取返しのつかぬことになる、それだけは取消せ。——取消す必要はない。金五の声より疾《はや》く左内は刀を抜いた。不意を衝《つ》かれた少年たちは四方へ逃げだしたが、左内は切尖《きっさき》を付けて金五を動かさなかった。——金五、いまの言葉を取消せ。声は矢張り静かだが、その眼は烈火のように相手の面上に食いついていた。

香苗は今でもその時の感動を忘れることが出来ない。日頃は女のように弱々しく、曾《かっ》ていちども怒った例のない左内が、香苗のために刀を抜いて立ち向ったのだ。その必死の意気に呑《の》まれて、金五はその暴言を取消したが、香苗にとってはそんなことは問題ではなかった。自分の名誉のために刀を以て立ち向って呉《く》れた彼の断乎《だんこ》たる態度、それだけでどんな恥辱も拭《ぬぐ》い去られるような気がしたのである。

左内は十六歳の時、緒方洪庵《おがたこうあん》の許《もと》で西洋医術と蘭学《らんがく》を学ぶために大坂へ去った。その別れのとき、香苗は二人きりになった機をみて、――いつぞやは香苗のために危うい目にお遭いなされて申し訳がございません。それまで曾て口にしたことがないので、左内は初めなんのことか分らないようすだったが、香苗があの時の諍《あらそ》いを見ていたのだと語ると、遽《にわ》かにその頰を染めながら眼を外《そ》らした。その表情は逆に香苗を狼《ろう》狽《ばい》させた、香苗も自分が耳まで赧《あか》くなるのを感じて逃げだしてしまった。

左内はそれから三年目に、父の死を見送るために帰郷し、二十一歳の春江戸へ去った。この二年のあいだに、左内は屢《しば》しば喜《き》多《た》を訪れ、兄の勘一郎《かんいちろう》とよく議論をした。その頃もう彼は父の跡を継いで藩医に列していたが、外科手術とか、種痘《しゅとう》とか、解剖とかいう、新しい医術を以て重んぜられ、また種々の西洋医学書を同列の医師たちに講じたりして隆々たる名を持っていた。然し香苗とは親しく語り合う機会もなく、再び学問修業のために江戸へ去った。

三度めに帰ったのは二十三の時だった。この二年の江戸在府中に、彼はその方向を一変していた。藤《ふじ》田《た》東湖《とうこ》と識《し》り安井《やすい》息軒《そっけん》と識り、更に西郷吉之助《さいごうきちのすけ》と交友を結んで志士としての第一歩をふみ出すと同時に、藩主松平《まつだいら》春嶽《しゅんがく》に見出《みいだ》されて君側に侍し、鈴木《すずき》主税《ちから》、中根《なかね》雪江《せっこう》ら老臣と共に重要な国事に当る人物になっていた。……香苗が左内に会ったのは、彼が帰郷して藩校明道館《めいどうかん》を統裁するようになってから暫く後のことであった。香苗は兄から、左内の噂はよく聞いていたので、どんなに変ったかと想像していたが、会ってみて少しも変っていないのに却《かえ》って驚いた。

五

言葉つきも穏やかで、以前の通り女のように優しかったし、起居動作も極めて静かだった。——たいそう御出世でおめでとう存じます。香苗がそう云うと、彼はいつものどこか悲しげな微笑をうかべながら有難うと云い、然し本を読む暇もなくて寂しいと云った。そういう声音も、悲しげな微笑も、香苗の胸に刻みつけられていた過去の印象を、些《いささ》かも崩しはしなかった。書物の包を抱えて通学した彼、金五との諍《いさか》いを云いだされて赧くなった彼、否《いな》それよりもっと幼い頃、二人で無心に遊んだときの彼が、少しも変らず、そのまま彼女の前に成長した姿を見せたのである。皮膚の薄い彼の顔は、うち続く劇務に少し窶《やつ》れてはいたものの、やはり血が透くように白く、柔かい小柄な軀《からだ》つきは、静かな動作と共に今でもひどく女性的である。そして同時に、その底には地熱のような、ねばり強い強靭《きょうじん》な意力が隠れているのだ。青竜組の暴れ者五人に向って、唯《ただ》一人抜刀して立ち向った時の、烈《はげ》しい、断乎とした情熱が秘められているのだ。

左内は翌年、二十四歳で江戸へ去った。その別れに臨んで、彼は香苗に向って、「こんど帰って来たら」という一語を残した。それが彼と会った最後であり、彼の言葉を聞いた最後であった……こんど帰って来たら。左内はなにを云う積りであったろう。そう云ったときの彼のようすはそのあとを云う必要のない光りを帯びていた。

——御無事でお帰りをお待ち申します。香苗はそう答えるだけで満足した。

左内は帰らなかった。時勢はしだいに険悪になり、彼もまた騒然たる世の怒濤《どとう》のなかへ身を挺《てい》していった。香苗はなにも知らなかった、自分の胸のなかに生きている左内の俤《おもかげ》を抱いて、しずかに彼の帰る日を待っていた。左内が幕吏の審問を受けたと聞いたときも、遂《つい》に捕縛されたと聞いた時も、——あの左内さまが。とまるで縁の遠いことのようにしか考えられなかったし、愈々《いよいよ》遠島と決ったと聞いて、兄の勘一郎と共に江戸へ出て来る途中も、却ってそれが、左内を自分の許へ取戻す機会になるような気さえしていた。

香苗は兄と共に三日まえに江戸へ着いた。遠島になる彼を見送る積りだったのである。然し左内は急に罪を加えられて、斬罪《ざんざい》に処せられた。香苗は初めて動顚《どうてん》し、あの左内がどうしてそんな重罪に問われたのか、また、どんな死にようをしたのか知りたいという烈しい欲望を抑えることができなかった。そして聞き得た結果は、香苗にとってやはり縁遠い左内の姿だった。従容として刑場に辞世の詩を詠み、静かに笑って、帰するが如く死んだという。香苗の胸に生きている俤には、どこを捜してもそんな豪快な彼はいない……まるで違う、まるでちぐはぐなのだ。

「……香苗ではないか」突然そう呼びかけられて、愕《ぎょっ》としながら立止ると兄の勘一郎が近寄って来た、「いま戻ったのか」

「……はい」香苗は思わず胸を押えた。

「うかうかと歩いていてはいけない、御門を通り過ぎているぞ」

そう云われて気づくと、香苗は藩邸の前をもう二三十歩も通り過ぎているのだった。勘一郎は直ぐ妹の気持を察したらしく、「己《おれ》もいま戻ったところだ、帰ろう」そう云って先に歩きだした。

彼は、石原甚十郎らと共に左内の死躰《したい》を受取りにいったのである。そして遺骸《いがい》を千住《せん》小塚原《じゆこづかつぱら》の回向院《えーこういん》へ仮埋葬すると、独《ひと》りだけ先に帰って来たのであった。藩邸内にある喜多の家には、すでに十数人の若者たちが来て待受けていた。そのなかには蒔田金五もいた。

「……どうした、首尾よくいったか」

「死躰を渡したか」

勘一郎の顔を見ると、待っていた人々は一斉に膝を乗出した。

「遺骸は正に受取った」勘一郎は凍えた手を膝に置いて、「役人たちは礼を尽した応待だった、なかにも囚獄奉行の石出帯刀《たてわき》は、我々を招じて左内の在獄中の起居《さい》から最期《ご》の模様まで精《くわ》しく語って呉《く》れた」

「では左内の待遇も悪くはなかったのだな」

「お上《かみ》から差遣わされた新しい衣服で斬《き》られている、獄制創《はじ》まって以来の異例だそうだ、左内は辞世の詩を詠み、笑って刑を受けたと感じいっておった」

「それは、それでいい、然《しか》し」と円鍔藤之進《まるつばとうのしん》が割込んで云った、「然し、いちど遠島と決ったものを、どうして急に死罪と改め、そのうえ半日の猶予《ゆうよ》もなく斬ったのだ、その理由はなんだ」

六

「そんなことは分りきっている」金五が叩《たた》きつけるように云った、「建儲《けんちょ》問題に連坐《れんざ》した者はみんなやっつけようというんだ、井伊《いい》掃部《かもん》の指図に違いない、尾張《おわり》の慶勝《よしかつ》公、水戸《みと》の斉昭《なりあき》公、御三家でさえ謹慎隠居を命ぜられたくらいではないか、左内を斬ったのは福井藩に対する威嚇《いかく》だ」

「そうだ、井伊掃部の手が斬ったのだ」

「彼は勤王志士として梅田を斬り、松陰を斬り、三樹三郎を斬った、小林民部はじめ、多くの者を斬った、同時に建儲問題では御三家の威勢を粉砕し、諸侯を罰し、続いて安島帯刀《あじまたてわき》を斬り左内を斬る……彼は崩れんとする長堤の蟻穴《ありあな》へ、更に自ら鋤《すき》をうち下ろしているんだ、彼は幕府を倒壊するために斧《おの》を加えているんだ、彼こそはまさしく倒幕の首魁《しゅかい》だ」

当時、十三代家定《いえさだ》の継嗣《けいし》問題は、一橋慶喜《ひとつばしよしのぶ》と紀伊《きい》慶福丸《よしとみまる》をめぐって大きな波紋を描いた。これは通商条約の調印と共に、朝廷から御内旨が下ったほどの重大問題であったが、幕府は断乎《だんこ》として慶福丸を嗣《よつぎ》に決定し、一橋慶喜を推輓《すいばん》した人々に大弾圧を加えたのである。即《すなわ》ち水戸斉昭は譴責《けんせき》のうえ隠居、その子慶篤《よしあつ》には謹慎、尾張慶勝《よしかつ》は謹慎蟄居《ちっきょ》、松平春嶽も謹慎、水戸家の家老安島帯刀は切腹、その他多くの犠牲者を出している。そして左内もまた同じ事件の網にかかったのだ。「如何《いか》にも、井伊大老こそ倒幕の首魁だ」

この春秋流の表現が一座を沸立たせた。

「喜多、君は知らんだろうがな」円鍔藤之進がふと思い出したように、「左内が薩摩《さつま》の西郷吉之助と交友を結んだとき、面白い話があるんだぞ」

「いやその話なら拙者にさせろ」

「まあ己に話させろ、貴様は話が諄《くど》くて埒《らち》が明かんから駄目だ、こうなんだ、初めて左内が訪ねていったとき、吉之助は庭で若者たちに相撲をとらせて、こうどっかり坐《すわ》って見ているところだった」

「吉之助は大肌脱《おおはだぬ》ぎになって」

「黙っていろと云うのに」香苗は茶を運んで来たまま、隅の方にそっと坐って聴いていた。「左内は初対面の挨拶《あいさつ》の後、礼を篤《あつ》くして時勢に対する意見を訊《き》いた、然し吉之助はまるでそらっとぼけた調子で、自分は御覧のとおり若い者共と相撲でも取る他に能のない男だから、そんな難かしい話は分り申さんと云って、遂に一語も交わそうとしなかったそうだ」

「ところがその明くる日」

「黙れと云うのに、ところが左内が帰ってから、はじめてその大人物だということが分ったのだ、吉之助は驚いて、直ぐその明くる日此処《ここ》へ左内を訪ねて来た」

「おい……石原が帰ったぞ」話を遮《さえぎ》って一人が叫んだ。

後始末をするために、回向院に残った石原甚十郎と、他の二人が戻って来たのである、三人を入れるので一同は席をひろげた。

「御苦労だった、すっかり済んだか」

「大体のところ済ませて来た、けれど、……不愉快な話を聞いて来た」

甚十郎は、香苗の進める茶には手も出さず、色の黒い角張った顔に、深い皺《しわ》を刻みながらぶすっとした調子で云った。

「なんだ、不愉快なことって」金五が顔をあげた。

「寺で無礼な扱いでもしたのか」

「そうではない」甚十郎はぎろっと眼をあげた、「左内が泣いたと云うのだ」

「泣いたとは、つまり……」

「刑場へ曳出《ひきだ》され、介錯《かいしやく》の刃が上った時、両手で顔を押えて泣いたのだそうだ」

意外な言葉だった。みんなごくっと喉《のど》を鳴らし、暫《しばら》くは真偽のほどを計《はか》り兼ねて沈黙した、……やがて勘一郎がぐっと向直って、詰問《きつもん》するように云った。

「石原、それはどこから聞いた、誰から出た話だ、まさか根もない話を……」

「その方が百倍も増しだ、根もない噂ならこんな恥ずかしさは忍ばずとも済んだ、それが悲しいことに事実だったんだ」

「精《くわ》しく聞こう、話して呉れ」

「貴公が先に帰って間もなくのことだ」甚十郎は訥々《とつとつ》と話した、「……遺骸に付いて来た下役人に酒を出してやった、それは貴公も知っているだろう。あの下役人の年寄の方が酔って、泣きながら饒舌《しゃべ》っているんだ——橋本左内は天下の志士だと聞いていたし、在獄中は獄卒までがその人柄に尊敬を払っていた、自分もまた常から心服していたが、人間の値打は棺の蓋《ふた》をしてからでなくては分らぬ、あの左内が命を惜しんで泣くような未練者とは知らなかった。そう云《い》うのだ……我々はそれを聞いたので、直ぐ其奴《そやつ》を引摺《ひきず》って来て糾問した、すると其奴は急いで、酔ったまぎれの失言だとごまかしたが、問詰めするうちに事実を吐いたのだ」

「……その事実とは」みんなかたずをのんだ。

七

「左内は刑場へ出て、定めの席へ就いた」甚十郎が口重く続けた、「太刀取りは某藩の士だった、それがうしろへ廻って大剣をあげ、よいかと声を掛けたとき、左内は振返って、

——暫く、暫く待て。

と云った。そして刀を控えさせると、少し座をずらせ、藩邸の方を拝してから、両手で面《おもて》を掩《おお》い、やや暫く声を忍んで泣いた、やや暫く、それから坐り直して、

——もうよい、斬れ。

と云ったそうだ、是《これ》が事実だ」

「事実だということがどうして分る」

「慥《たし》かめて来た、太刀取りをした某藩の士、藩の名も姓名も約束だから云えぬ、その男に会って慥かめて来た、いまの事実に些《いささ》かも相違なかったのだ」

誰も言葉を挿《はさ》む者はなかった。甚十郎はぴくぴくと眉《まゆ》を動かしながら、「石出帯刀が我々に語った話は武士の情《なさけ》だ、下役人の云うところに依《よ》ると、そこに立合った者全部に左内の泣いたことを口外するなと申渡したそうだ、みんな左内を惜しんで呉れた人たちらしい、町奉行もそうだと聞く、それなのに当の左内は」

「やはり、やはり長袖者《ちょうしゅう》だ」腕を組み、さっきから一言も口を利《き》かなかった金五が、鋭く切込むように云った、「才はあったが、医者の伜《せがれ》だし、つい先頃まで外科手術だの種痘《しゅとう》だのと、薬匙《くすりさじ》を手にとび廻っていた男だ、武士らしい死に方を知らんのは当然かも知れぬよ」

「それはそうかも知れぬが、左内だって志士の端くれなら、自分の死がどんな意味をもつかくらい、分らぬ筈《はず》はないだろう」

「そうだ、橋本左内は一私人として斬られるのではない、彼には福井藩士の面目《めんぼく》が懸っている、全国の志士の名誉が懸っているんだ」

「然し……然し、事実とは思えんなあ」

「そうでない、彼は蒔田の云うとおり長袖者だからな、武士の誇りは持合わさなかったかも知れんぞ、それにしても、死に臨んで泣くとは未練極まるな、如何になんでも泣くというのは」

「暫く、暫くお待ち下さいまし」

片隅から香苗が静かに呼びかけた。騒然となっていた一座は、その声でぴたっと静まり、一斉に香苗の方へ振返った……彼女の額は蒼白《あおじろ》く、その唇は心の忿《いか》りをそのまま語るかのように痙攣《ひきつ》っていた、……人々はその表情を見て、いずれも虚を衝《つ》かれたように膝を正した。

「石原さまのお話は伺いました」香苗は声を抑えながら云いだした、「そして皆さまの御非難も伺いました、けれど、左内さまがお泣きになったことが、そんなに未練がましい、恥ずべきことでございましょうか、……左内さまは仰《おお》せのとおり医者としてお育ちになりましたけれど、いざという場合に命を惜しむような方ではございませんでした、それは蒔田金五さまがよく御存じの筈だと存じます」

金五は愕《ぎょっ》として香苗を見たが、直ぐにその意味が分ったらしい、忽《たちま》ちその眼を伏せ頭を垂れてしまった。

「皆さまは泣いたということをお責めなさいますけれど、笑って死ぬ者なら勇者でございましょうか、話に聞きますと、強盗殺人の罪で斬られる無頼の者も、その多くは笑い、悠々と辞世を口にして刑を受けると申します……それが真の勇者でございましょうか」香苗はつきあげてくる忿怒《いかり》を懸命に堪《こら》えながら、息を継いで云った。

「いまのお話を熟《よ》くお聞き下さいまし、左内さまは太刀取りを押止《おしとど》め、静かに御藩邸を拝し、声を忍んで泣かれたのです、刑場に曳《ひ》かれた以上、泣こうと喚《わめ》こうと遁《のが》れるすべのないことは三歳の童《わらべ》でも知って居《お》りましょう、多少なり御国のために働くほどの者が、其《そ》の場に臨んで、命が惜しくて泣くと思召《おぼしめ》しますか、……未練で泣くと思召しますか、……強盗無頼の下賤《げせん》でも笑って死ぬことは出来ます、けれど断頭の刃《やいば》を押止め、静かに面を掩って泣く勇気は、左内さまだから有ったのです、……御国を思って泣いたとも申しませぬ、お家を想《おも》って泣いたとも申しません、けれどけれど、わたくしには分ります、卑怯《ひきょう》でも未練でもない、否《い》えもっとお立派な、本当の命を惜しむ武士の泪《なみだ》だということが、わたくしには分ります」

香苗は云い終ると共にわっと泣いた。並居る人々はいつか面を垂《た》れ、そのなかには指で眼を拭《ふ》いている者さえあった、香苗は噎《むせ》びあげながら座を起《た》った。逃げるように広間を出ると、そのまま自分の部屋へ駆込み、小机に凭《もた》れて暫くのあいだ背に波をうたせながら泣いていた。香苗は今こそ本当の左内に触れたと思った。因幡守《いなばのかみ》から笑って死んだと云われたとき、どうしても心に生きている左内とはぴったりせず、まるで他人の事を聞いているような気持だったのが、今こそ左内は昔の姿になって戻って来た。今こそ本当の彼を取戻したのであった。

——左内さま、あなたは、少しの偽りもなく、あなたらしい生き方をなさいました、あなたらしい死に方をなさいました、あなたはもう再び、香苗の心から去ってゆきにはなりませんわ。

香苗は生きた彼に呼びかけるようにそう呟《つぶや》いて、ふところから辞世の詩を取出した。そして、第三の句に至ると、噎びあげながら静かにこう吟《よ》んだ。

「……昨夜、城中、霜始メテ隕《オ》ツ。……昨夜城中霜始メテ隕ツ……」

染血桜田門外

時は万延《まんえん》元年（一八六〇）三月三日。前日より降り出した雪は未明になって益々劇《はげ》しく、あやめも解《わか》らぬように降りしきっていた。永らくうつ憤を胸に抱いて、何時《いつ》かは積る恨《うらみ》を霽《はら》さんものをと其《そ》の日を待ちわびていた水戸《みと》の浪士、機《とき》こそ来れ皇天吾等《われら》を憫《あわ》れみたまいて此《こ》の大雪、咫尺《しせき》も分らぬ雪中にて日頃の思いを晴らすは明日を置いては又何日《いつ》の時か有る可《べ》きぞと、前日即《すなわ》ち二日の子《ね》の刻、品川《しながわ》の料亭虎屋《とらや》に鳩合《きゅうごう》した同志の面々、高橋《たかはし》、金子《かねこ》、佐野《さの》、野村《のむら》をはじめ二十七人、其の夜の明方近き頃には芝《しば》愛宕《あたご》山にまで来ていた。稲田重蔵《いなだじゅうぞう》、彼は同志の中でも老功の評高き人であるから早速奇智をめぐらし、寺の庫裏《くり》に走って所化《しょけ》を呼び起し、

「吾々は当山信仰の者でござるが、朋友《ほうゆう》どもが今日上方《かみがた》へ発足いたすに付、朝参り旁々《かたがた》此《こ》処《こ》迄《まで》見送りに参りしが此の大雪、暫時《ざんじ》の間本堂を借用申したい、ちと休息仕《つかまつ》りとう存ずる故《ゆえ》」

と云えば内より所化、睡《ねむ》そうな眼をこすりつつ細目に雨戸を開き、

「いと易《やす》き事、御遠慮なく、御ゆるりと御休息あれ、定めしこの大雪にては道中御難儀の事でござりましょう」

と袖《そで》かき合せ再び戸を閉して臥床《ふしど》に帰った容子《ようす》。一同案ずる事は無しと本堂に登り、車座になれば森山繁之助《もりやましげのすけ》と杉山弥一郎《すぎやまやいちろう》は担《にな》って来た五升樽《だる》の鏡を抜いて同志に指《ゆび》示《さ》す。傍《かたわら》の蓮田市五郎《はすだいちごろう》は用意の勝栗とするめを取り出し皆に分配する。眼前に迫った大望の意気、忽《たちま》ちの裡《うち》に五升の酒を飲みほし、次第に白んで来る東の海辺をじっと瞠《みつ》めていた高橋多一郎《たいちろう》、側《そば》なる佐野に対《むか》い、

「有村雄助《ありむらゆうすけ》殿は金子氏と共に東海道を京都に登る筈《はず》なれど、今朝は某《それがし》と共に桜田《さくらだ》へ出て、貴所方《あなた》の働きを見届け申す覚悟、又有村殿は今朝五ツ（八時）を合図に桜田へ立ち廻り各々方《おのおの》の助太刀致す所存とかにも承った。そこで某《それがし》は悴《せがれ》庄左衛門《しょうざえもん》、黒沢《くろさわ》、大貫《おおぬき》其他野村殿と共に中仙道《なかせんどう》を大坂へ急ぎ、兼ねての義挙に及ぶ所存なれば、何《いず》れ方も心置きなく充分の御働きが緊要にござる」

と云えば佐野は委細承知いたしたと固い決心の色を表し、総勢を手分けして大老の登城を待ち受ける事となった。先《ま》ず蓮田、黒沢、広岡《ひろおか》、斉藤《さいとう》の四名は先供を斫《き》って戦《いくさ》の端を開き、山口《やまぐち》、森《もり》、杉山《すぎやま》、鯉淵《こいぶち》、広木《ひろき》の五人は堀端に控えて居て先供が立騒ぐ隙《すき》

に乗じて駕籠《かご》を目掛けて切り込まる可《べ》し。佐野、大関《おおぜき》、岡部《おかべ》、稲田、増子《ましこ》、海後《かいご》の六人は駕籠脇《わき》の空虚をねらい素早く切り進む事、関《せき》、森山の両所は時機に応じて何《いず》れへなりと斫《き》り込む可しと高橋多一郎は、それぞれ人数の配置を定めた。当日の浪士の装束は何れも黒小袖《こそで》に馬乗袴《うまのりばかま》、其の上を赤合羽《がっぱ》にて包み雪覆《おお》いには竹皮笠《がさ》を戴き素跣《すあし》に草履を堅く穿《は》いている。然《しか》し斉藤外三名の者は故意《わざ》と高足駄に蛇の目の傘を差した。斯《か》くて用意万端は充分に整った。東の空がほのぼのと白む時、山を降りて各々三方に分れ、事の成就を約して目指す外桜田へと道を急いで行った。

この日、大老井伊《いい》中将直弼朝臣《なおすけあそん》は上巳《じょうし》の祝日故、諸大名は卯《う》の半刻迄に総出仕との事であったが、役柄とて辰《たつ》の刻の登城と云うことになっていた。大老は熨斗目《のしめ》長袴に家格の白革の一本道具、駕籠の左右は二列の供連が居ならび、叱咤《しった》の声高く先を払って打ち進んで来た。ちょうど行列が松平大隅守《まつだいらおおすみのかみ》の門前まで来たとき、突然高足駄を穿《は》いた四人の侍が、蛇の目の傘を前だれにさして、つかつかと近寄り先箱の供の者にどしんと突当った。これこそ大義に燃ゆる斉藤監物《けんもつ》等四人の志士であった。

「無礼者、大老の御駕籠じゃ！」

と箱持が大声に叫んで払い退《の》けようとすると、黒沢忠三郎《ちゅうさぶろう》は、

「大老と知ってじゃ！」

と大喝、腰の刀に手が掛ると見る瞬間忽《たちま》ち箱の者の細首を抜打に切って落す。スワ狼藉者《ろうぜきもの》と呼《よば》わり立ち騒ぐ暇に、

「従五位下朝散太夫《ちようさんたいふ》斉藤監物一徳《かずのり》が、天に代って国賊大老を誅《ちゆう》して呉《く》れるわ！」

と大音声に叫べば、続いて蓮田、黒沢等も各々名乗りを上げ傘投げ捨てて素足になって斫り廻る。駕籠脇の侍共は、突然の来襲に只々狼狽《ただただろうばい》するばかり、先供に狼籍ありと犇《ひし》めき騒いでいる。何れも身には合羽を纏《まと》っていたから即座に活動は出来ない、まして刀には柄袋《つかぶくろ》が掛かっている。井伊の家来の中でも利《き》け者の日下部三郎右衛門《くさかべさぶろうえもん》は御駕籠脇を承っていたが一大事と見て取ったか、

「乗物を戻されい。早う戻されい」

と供の者に叫べば、陸尺《ろくしやく》は心得て足早やに十間許《ばか》り後へヒタヒタと舁《か》き戻した。ちょうどこの時、さいぜんから堀端にかくれて容子《ようす》を窺《うかが》っていた山口辰之介《たつのすけ》、森五六郎《もりごろくろう》、杉山、鯉淵、広木の五人は、時刻はよしと赤合羽をかなぐり捨て一刀ひらりと抜きかざして勢《いきおい》こんで切って入る。忽ちの中に二三人は切り仆《たお》され井伊の家来は列を乱して切り防いだ。流石《さすが》は武功の名家と知られた片桐権之丞《かたぎりごんのじよう》、河西忠左衛門《かわにしちゆうざえもん》等主君の大事と知って死を賭《と》しての防戦には、山口等も支えられて駕籠脇へは容易に近寄ることが出来なかった。次第に大老の駕籠は舁き戻されて彼等から遠のいて行く、この時

松平大隅守の門前から、「御訴え申す」と呼わりながら真先に佐野竹之介《たけのすけ》が鎗《やり》を揮《ふる》ってまっしぐらに馳《はせ》て来た。それッ彼方《あっち》にも敵が有るぞ！　油断なさるな！　と日下部三郎右衛門一同に注意して太刀合《たちあ》いながら合羽を脱ぎ捨て防戦につとめた。彼は聞えたる剣道の達人であったから先ず稲田重蔵、増子金八《きんはち》を相手に戦う中、稲田は遂《つい》に彼の為めに左の肩先深く斫り付けられ次第に勢が肱《ゆる》んで来た。同志の危険を見てとった大関和《おおぜきわ》七郎《しちろう》は敵を追いまくり飛鳥の如《ごと》く飛び来って「已れッ！」と云いざま力にまかせて日下部を後袈裟《うしろげさ》に切り倒す。佐野竹之介は一《い》ち早く駕籠に追い迫って大老を守っていた侍二三に手疵《てきず》を負わし、其の隙に乗じて駕籠の外より、ねらい定めて鎗を突き付けた。鎗の穂先はたしかに手ごたえがあった。佐野は戸を引き開け大老を打ちとらんものと駕籠に手を掛けようとした時、供侍加田九郎太《かだくろうた》が馳せ来って佐野の右肩先を五寸ばかり斬《き》り下げた。竹之介は「やったなッ」と振り反《か》えりながら抜打ちに横に払えば、刀の冴《さ》えか腕の冴えか九郎太の首は血煙たてて二間ばかりさきへ飛んで落ちた。斉藤、蓮田、黒沢、広木の四人は先供を斫りまくり沢村、河西の二人を討取り其他数人に深手を負わせて追い散らし山口、杉山等に力を合せて、独《ひと》りも余さず討取れと火花を散らして斬りむすんでいたが、井伊の供連れには未《ま》だ片桐をはじめ北《きた》、川《かわ》原《はら》、永田《ながた》、松井《まつい》等三十余人の者共が死力をつくして切り防ぐので、いつ果つるとも見えなかった。只々雪粉々と降りしきる白皚々《がいがい》たる中に刃《やいば》を揮《ふる》って互にしのぎをけずっていた。白雪は次第にくれないの鮮血に染まり屍《しかばね》は其の数を増して行くのであった。

かかる折から、薩《さつ》藩の有村次左衛門《ありむらじざえもん》は辰の刻に外桜田の上杉弾正《うえすぎだんじょう》の辻番所へ来って傘打ち捨て、同心を呼び出して、

「只今ここへ二十人ばかりの武士は参らざりしか」

と訊《たず》ぬれば同心の二三人は顔面蒼白《そうはく》となり足を顫《ふる》わせて、

「二十人か三十人かは存じ申さねど、あれ彼方を御覧あれ、御大老の御登城先へ何国《いずこ》の武士が斬り込み、あの如《ごと》く戦の最中でござる」

と云う。次左衛門は指さされる方を雪を透してながむれば、果して堀端に剣をひらめかして戦っている。鍔音《つばおと》さえ聞こえて来る。

「さては後れたりしか、されど、未《いま》だ大老は仕とげまじ、御免あれ！」

と云《い》いつつ柄袋を取って辻番へ投げ入れ袴の股立《ももだち》高くとり、さげ緒を抜いて襷《たすき》となし手拭《てぬぐい》をたたんで鉢巻、腰のわざ物をひらりと引き抜けば番人どもはいよいよ以って肝をつぶし、只眼を見はるばかり、次左衛門はおっ取り刀、御駕籠目掛けてまっしぐらに馳せて行く。駕籠脇の透《すき》を窺《うかが》った次左衛門、近寄って戸を蹴放《けはな》せば、佐野竹之

介、大関和七郎も馳せ来る。次左衛門は背後から切って掛る井伊の侍をまっこう竹割となし、ひらりと体をまわして、いきなり大老の胸座《むなぐら》とって引き出す。大老は已《すで》に竹之介の為《た》めに鎗で肋間《ろっかん》を差し貫かれ早や虫の息となっていた。土足で二足三足蹴上げると、其処へ馳せ参じた蓮田市五郎が大老の御首に手を掛け引き立たせ「早く早く」と声をかければ、「心得申した」と竹之介、次左衛門互いに一刀ずつ切り付け難なく井伊中将の御首を上げることが出来た。竹之介は大音に、

「井伊大老の御首只今賜わり申したッ」

と呼われば、関鉄之介《てつのすけ》は是《これ》を合図に鉄砲を一発撃って本望を達した旨《むね》を一同に知らせた。

「各々引上げ召され、引き上げ候《そうら》え」

と五度六度と鉄之介は呼び立てる。鉄之介の合図を耳にした高橋等四名は其のまま甲州路《こうしゅうじ》さしてまっしぐら、金子、有村雄介、佐多鉄三郎の三名は品川《しながわ》より東海道を京へ登って行く。

次左衛門は井伊大老の御首を刀の先に差し貫き声高らかに吟ずるのであった。

「くろがねもとけざらめやなますらおが国の為めとて思いきる太刀」

三度び吟《ぎん》じ終れば佐野竹之介も亦《また》、

「敷島《しきしま》の錦《にしき》の御旗もちささげ、皇《すめ》ら軍《いくさ》のさきがけやせん」

と、朗々吟じ続けるのであった。彼等両人を真先に大関、蓮田、山口等残りの同志十二人も後を続いて日比谷《ひびや》の方へと走って行った。井伊の家臣も手負いし者二十余人にも及んでいるので彼等の後を追う可き勇気さえもなかった。只々悲惨を極めたのは稲田重蔵であった。深手の為めに同志と共に引き上げる事も出来なかった。井伊の侍共はこうして歩行も出来ない稲田を数十人してずたずたに斫りさいなんで大老の死骸《しがい》と共に屋敷へと引き取って行った。関鉄之介はさいぜんより樹かげにかくれて一同の立ち去るのを見とどけた上、水戸浪士の引揚げた跡をば見廻り取落せし物など有っては、狼狽《うろたえ》たりと後々に至りても人々のお笑いとなっては恥辱と、刀の鞘《さや》などの落ちたるものを堀に投げ入れ其の場から越後《えちご》路さして落のびた。海後、岡部、広木の三名は浅手さえも負わなかったので、水戸に帰り其の後久しく山間に潜んでいたと云うことである。

話は元にもどって日比谷の方に走った十四人の浪士は日比谷御門に至って、

「拙者等は水戸殿の家来に候えど今朝大老を討留め、只今引上げ申す途中、江戸表不案内なれば何卒脇坂《わきさか》殿の御屋敷へ御案内の程願わしゅう存じまする」

と番所の同心にたのめば、同心は其の勢に恐れて誰も返答する者とてはなかった。

やむなく其の先の番所八代洲川岸《やよすかし》へ行かんものをと一同は互に疲れたる体を助け合いながら降りしきる雪を侵して進んで行った。併《しか》し負傷している者も多いので歩行が自由にならず遂に有村は一人おくれて其の姿を見失い、佐野初め蓮田、黒田、斉藤の四名は互に助け合いながら困難な歩をはこばせていたがこれ又雪の中に見えなくなって了《しま》った。大関、森、森山、杉山の四人は最早や是迄と思ったものか、道筋の細川越中守《ほそかわえっちゅうのかみ》の邸《やしき》へ自首したのであった。後にとり残された広岡、山口、鯉淵の三名は深手の為めに雪中にころびまろびつ、もはや立上る勇気さえなくなってしまった。

「いかに山口、鯉淵の御両所御聞き下され。兼ねての宿望は只今已に達し申した。最早やこの世に思い置く事は更らに無し、見らるる通りこの深手、よし生命を全《まっと》うしたとて、姦吏《かんり》の手に捕えられて彼等ごとき者の刀の錆《さび》と消ゆることはまことに口惜《くちお》し、いっそ此の所に於て潔《いさぎ》よく切腹致して相果てんと存ずるが如何《いかが》でござる」

と広岡覚二郎《かくじろう》、両名に促せば鯉淵は、

「某とてもこの痛手、最早歩行も叶《かな》い難し、いざ諸共《もろとも》に死出の御供仕らん」

と三人は雪の上に坐をしめて誰か天朝の居ます方を伏し拝み、先ず鯉淵は刀を以《もっ》て吾れと我が咽喉《のど》を貫けば、流血胸を紅に染めて其の儘打臥《ままうちふ》して相果てる。吾れも後れはせじと山口、広岡の両名も、互に胸差しちがえれば迸《ほとば》しる鮮血は白雪を点々と色どっていく。次第に衰えて行く義烈の志士の魂、天子万歳の声もとぎれとぎれ――唯、雪は鵞毛《がもう》に似てこれ等みたりの骸《むくろ》の上に黙々と積って行くのであった。

春いくたび

一

霧のふかい早春のある朝、旅支度をした一人の少年が、高原の道をいそぎ足で里の方へと下って来た。……年は十八より多くはあるまい、意志の強そうな唇許《くちもと》と、睫《まつげ》のながい、瞠《みひら》いたような眼を持っている、体はがっちりとしては見えるが、まだどこやら骨細なので腰に差した大小や、背に括《くく》りつけた旅嚢《りょのう》が重たげである。

道は桑畑のあいだを緩《ゆる》い勾配《こうばい》で下って行く、桑の木はまだ裸であるが、もう間もなく芽をふくのだろう、水気を含んだ枝々の尖《さき》は柔らかくふくらんで、青みのさした樹皮には、霧の微粒子が美しく珠を綴《つづ》っていた。

少年はときどき立止りながら道を急いだ。

もうすっかり明けはなれているのだが、あたりは灰白色の霧に包まれてなにも見えない。……山の上から吹き下りて来る霧は、少年の体を取巻いて縦横に渦を巻き、押返したり揺れあがったりしながら下の方へと去って行く。……それはまるで音のない激流のなかにいるような感じだった。道が二つに岐《わか》れるところへ来た。少年は其処《そこ》で足を止めた。……そしてなにかを聞き取ろうとでもするように耳を澄ませた。……元服《げんぷく》して間もないと思われる額《ひたい》に、濡《ぬ》れた髪毛《かみのけ》が二筋三筋ふりかかっている。かたくひき結んだ唇《くちびる》が微《かす》かに震えた。

人の走って来る跫音《あしおと》が聞えた。

少年の大きな眼がふっと光を帯《お》びた。……なにか叫ぶ声がして、それから霧のなかに人影が見えだした。少年は二、三歩たち戻った。……朧《おぼろ》な人影は霧に隔《へだ》てられて見えつ隠れつしたが、やがて、驚くほど間近へ来てから不意にその姿をはっきりと現した。

髪を背に垂《た》れた、十五歳ほどになる武家風の少女であった。手に辛夷《こぶし》の花を持っているが、ふっくらとした頬《ほお》はその葩《はなびら》よりも白く、走って来たために激しく喘《あえ》いでいる唇にも血気《ちのけ》がなかった。……二人はかたく眼を見交したまま、やや暫《しばら》く黙って向き合っていたが、やがて少年がひどくぎこちない調子で、

「送って呉《く》れて、有難う、香苗《かなえ》さん」

と云った。

すると少女も思い詰めた声で追いかけるように云った。

「どうしても、行ってしまうの、信之助さま。どうしても、もう……帰っては来ないのね」

「帰って来るとも、命さえあったら」

「きっと帰っていらっしゃる」

「帰る、きっと帰って来る、此処《ここ》は清水《しみず》家の故郷だもの、何百年の昔から御先祖が骨を埋めて来た土地だもの、望みを果したらきっと帰るよ」

「待っていてよ、香苗は待っていてよ、……ですから」

少女は思うことが口に出ないので、もどかしそうに肩を縮めながら云《い》った、「ですから若《も》しも、御出世をなさらなくとも、若しも戦《いくさ》で怪我をなすったり、それからもっと色々の、帰り悪《にく》いような事が出来ても、きっと、きっと帰っていらっしてね」

「斯《こ》うして、……約束します」

少年は片手で刀の柄《つか》を叩《たた》いた。少女は微笑《ほほえ》もうとしたが、それは泣くよりもみじめな表情であった。……別れる時が来たのである、香苗は辛夷《こぶし》の花を一輪折り取った。

「庭の辛夷よ、帰っていらっしゃる時まで持っていてね、香苗も一輪、——大切に持っているわ、そしてこんどお眼にかかる時には、二人でこの花を出し合って見るの」

「有難う、大切に納《しま》って置くよ」

「そしてその花があなたをいつも護りますように」

信之助はよその方を見ながら懐紙を出して花を包んだ。

香苗はもっとなにか云いたい風情《ふぜい》だった。言葉は胸いっぱいに溢《あふ》れている、けれどこんどはなにか云えば泣きだしそうだった、それでぎゅっと唇を噛《か》みしめていた。

信之助《しんのすけ》は去った。

濃霧が直《す》ぐに彼の姿を押包み、嘘のようにかき消してしまった。……香苗は同じ処に立ってながいこと待った、信之助がなにか云い忘れたことを思い出して、戻って来るかも知れない、もういちど別れの言葉を呼びかけるかも知れない。……ずいぶんながいことを待ったけれど、信之助は戻って来ないし声も聞えなかった。……それで香苗は眼を閉じ、いま去って行った人の俤《おもかげ》を記憶に留めようとした、ところがどうした訳かそこにはもう信之助の姿は浮かんで来なかった、ただもやもやとした幻のような影が、とらえどころのない形を描くだけであった。……そして哀しみのように霧が匂った。

――行ってしまった。

香苗は力の抜けた心でそう呟《つぶや》いた。

――自分の姿まで持って行ってしまったわ。……本当に帰って来るかしら、帰って来るかしら。

甲斐駒《かいこま》の嶺《みね》がぱっと、眩《まばゆ》いばかりに朝日に輝くその頂を現した。霧が霽《は》れだしたのである、灰白色の帷《とばり》はようやく薄れ、ひき裂けたり、固まったり、また千切れたり尾を曳《ひ》いたり、畑の桑や林の樹々にからみつきながら消えて行った。

香苗はそれでもなお、心残るさまに立ちつくしていた。

二

春は足早に過ぎて行った。

甲斐駒の峰々から残雪がすっかり消えると、朝毎の濃霧もいつか間遠になり、やがて春霞《はるがすみ》が高原の夕を染めはじめた。谿川《たにがわ》の水は溢れるように嵩《かさ》を増し畑の麦は日毎に伸びた。……辛夷が散り桃が咲き、やがて桜も葉に変る頃が来ると、高原はいっぺんに初夏の光と色とに包まれる、時鳥《ほととぎす》や郭公《かっこう》の声が朝から森に木魂《こだま》し、谿谷《けいこく》の奥から野猿が下りて来る。

香苗は生まれて初めて、この眼まぐるしい春の移り変りを心にとめて見た。文久元年《ぶんきゅう》（一八六一）の春であった、自然の相《すがた》をそのまま写したように、世の中もまた激しい転変を迎えていた。……去年、詰り万延《まんえん》元年三月、江戸幕府の大老井伊直弼《いいなおすけ》が桜田門外《さくらだもんがい》に斬られてから、ながいあいだ鬱勃《うつぼつ》としていた新しい時代の勢が、押えようのない力で起《た》ちあがって来た。暗澹《あんたん》とした世の彼方《かなた》に、最早《もはや》拒むことの出来ぬ新時代の光が近づきつつある。あらゆる人々の眼がその光の方へ向いていた。あらゆる人々がその光の方へ両腕をさしのべていた。山奥から海浜から、青雲の志をいだいて若者たちが京へ、江戸へと集まって行った。

信之助もその一人であった。……彼の家は甲斐七党の旗頭として、幾百年このかた其《そ》の村に土着し、家柄高き郷士の名を相続して来たのだが、いつか家産は傾いていて、去年の秋の末に父が死ぬと、田地も家屋敷もすっかり他人の手に渡っていることが分った。……早く母を亡くしていた信之助は、捨てられた猿のように孤独になった、けれど彼はそれを哀しむことさえせず、十八歳の胸いっぱいに、冒険と野心の焔《ほのお》を燃やしながら、濁流のような世の中へと出て行ったのである。

夏が来た。……風のない、ぎらぎらと煎《い》りつくような日が続いた、あるときは雷鳴が山峡にはためき、電光と白雨とが高原の野を狂気のように叩きつけた。

香苗の家は信之助の清水家に次《つ》ぐ旧家であった。厚さ三尺もある土塀が、屋敷まわりの三方を取巻いていた。その中には母屋《おもや》だの隠居所だの、厩《うまや》だの下男たちの小屋だのが建っていたし、広い柿畑さえ取入れてあって、その柿畑のうしろはそのまま段登りに、深い松林で山へと続いていた。……そして秋になると、幾十疋《びき》もの野猿の群が、柿を盗みに屋敷の中へやって来た、その土地では猿を殺さない習慣なので、威《おど》しの空鉄砲で追い払うのだが、猿たちが盗みとった柿を片手に抱えて、けたたましく叫び交しながら逃げて行くさまは面白いみものだった。

けれどその年の秋に限って、野猿たちは鉄砲で威《おど》される心配がなかった、彼等は毎朝、思うさま柿を食べ、持てるだけ獲物を持って帰ることが出来た。……空鉄砲を射つことも、追い払うことも香苗が禁じたのである。

香苗は信之助のことを思ったのであった、彼が出て行ったところでは、日毎に鉄砲が火を吹いているであろう、刀や槍《やり》が光り飛んでいるに違いない、信之助はその弾丸をくぐり刃のなかに囲まれているのだ。……野猿の群に射ちかける空鉄砲の音は、そのまま信之助の命を射止めるもののように思われる、割り竹で追い立てる下男たちの姿は、傷ついた信之助を追い廻《まわ》す幕吏の手を想像させるのだ。

香苗は、嬉々《きき》として柿畑の柿を荒している野猿の群を、幾朝も、幾朝も、ふところ手をしながら昵《じっ》と微笑みの眼でみていた。

やがて柿の実が、細枝の尖《さき》に一つ二つ、霜に打たれたまま取残され、野猿の群が姿を見せなくなると、驚くほど早く冬が来た。……甲斐駒の頂上に、或朝《あるあさ》ふと白いものをみつけたと思ったのが、いつかしら峰々にひろがり、次第に下へと伸びて来る、裸になった桑畑の向うに、鎮守の森がひっそりと霜に凍って、弱々しい太陽の光が、重たく垂《た》れさがった雲を割って、時々そっと畑地に射しては消えた。

遂に雪が来た。耕地も森も村々の家も、ながい雪の下に眠りだした。……吹雪の夜、厨《くりや》の戸がことことと鳴るのに驚いて出て見ると、餌をあさりに来た鹿であったり、時には犢《こうし》ほどもある狼であったりする。雪が歇《や》んで、月の明るい夜空には、鶴の渡る声を聞くこともあった。

こうして冬は、その重い銀白の外套《がいとう》で、高原の村々を無限のように蔽《おお》い隠してしまった。

三

香苗は待っていた。

時はすばやく経って行った。……香苗が十九の年になったとき、甲府《こうふ》の名高い富豪の家から嫁に欲しいという話があった。

香苗は嫁には行かなかった。

香苗の父は数年まえから新しい事業を創《はじ》めていた、日本ではまだよく知られていない葡萄酒《ぶどうしゅ》の醸造を思い立ったのである。それは困難な仕事であった、樹の育て方も、搾り方も、それを醸《かも》したり、貯蔵したりする方法も、すべて手探りでやるようなものであった。失敗が失敗に次いで起った。山が売られ田が売られた、家も屋敷もいつか資金のかたに取られていた。……甲府の富豪と香苗との縁談は、そういう状態のときに始まったのである。けれど香苗は、遂に嫁入ろうとはしなかった。

更に幾年か経って、世は明治と改元された。

そして秋が来たとき、高原の西の方にある村へ、維新の戦で傷ついた青年の一人が帰ったという噂が弘《ひろ》まった。

その噂を耳にすると直ぐ、香苗はその村へ出掛けて行った。……よく晴れた日で、熟れた稲の穂波の上に、雀や百舌《もず》が騒がしく飛び交していた。道は遠かった、森をぬけ、丘をめぐり、細い谿流《けいりゅう》の飛沫《ひまつ》をあげている丸木橋を幾たびか渡った。……その青年の家は村の古い郷士の末であった。

「……知っています」

青年は訪ねて来た香苗を、横庭の池の方へ導きながら語った。

「清水信之助とは伏見《ふしみ》の戦争で同じ隊にいました。彼は勇敢な男で、命知らずという名を取っていました。……そうです。私は彼と一緒に寝ました。同郷だということを知ってからはいつも同じ蓆《むしろ》で眠り、同じ鍋《なべ》から菜粥《ながゆ》を啜《すす》りました。二年のあいだそういう風に戦っていましたが、……私がこの右足を失った日に」

彼はそう云いながら、添木を当てた右の太腿《ふともも》を見やった、それは膝《ひざ》の上から切断されていた。

「その日に、……あの方は？」

「清水と私とは別れ別れになりました、それ以来、私は彼を見ないでしまいました。……集中して来た砲弾が私たちの小隊を全滅させたのです。生残ったのは、……片足を失った私と他に、人夫が二人だけでした」

「ではあの方は、あの方は……信之助さまは」

「私は二度と彼を見ませんでした」

青年は遠くの空を見やって咳《せき》をした。それから、苦しそうに松葉杖《まつばづえ》を突いて、頭を振りながら池の畔《ほとり》を廻って立去った。

香苗は家に帰って来た。……そして自分が少しも泣けないのに気付いて驚いた。……少しも泣かなかった、少しも、……信之助が死んだという青年の言葉は、なにか

しら空々しいことのように感じられ、まるで知らぬ世界の知らぬ人の話としか受取れなかった。そして、

——きっと帰る、必ず帰って来る。

斯《こ》うして約束すると、刀の柄《つか》を叩《たた》きながら云った信之助の声の方が、青年の話よりも強く鮮かに、もっと生々して耳に蘇《よみがえ》って来た。

その冬、初めての雪が降りだした頃、香苗の家は遂に倒産した。……明日はその屋敷を立退かなければならぬという、その前夜のことである。庭先に激しい物音がしたので、なにごとかと出て見ると、三十尺も高く伸びていた辛夷《こぶし》の木が倒れたのであった。

香苗は自分の部屋の窓を明けてそれを見た、枝を張り過ぎた辛夷は、雪の重みを支え兼ねて根元から折れたのである、……香苗はそれを見たとたんに恐しい悲鳴をあげながらうち伏した。

「信之助さまが、信之助さまが」

声をふり絞って狂おしく叫んだ。

父や母や、別宴のために集まっていた親族の人々が驚いて駆けつけた。……香苗は身もだえをし、裂けるような声で信之助の名を呼びながら泣いた。

また会う日のために、二人が取交した約束の花、その辛夷が倒れたのを見て、香苗は信之助の死が本当だったということを感じたのである、……いや、雪の上に倒れている辛夷の木が、そのまま信之助の死体のように見えさえしたのだ。

香苗は泣いた。別れて以来いちども泣いたこともない香苗が、そのまま泣き死んでしまうかと思われるほど激しく泣いた。

……そして、一家が甲府の町へ移って行く日、彼女は代々の檀那寺《だんなでら》である桂円寺《けいえんじ》に入って髪をおろした。

香苗の涙の日が始まった。

四

春いくたび。……秋いくたび。

高原の村にも、年々の世の移り変りは伝わって来る、江戸が東京となり皇居が御東遷《ごとうせん》になった。諸藩が廃されて府県が置かれた。佐賀《さが》の乱が起り、薩摩《さつま》の乱が起った。人々はもう髷《まげ》を切っていたし、刀を差すことも禁ぜられた。マンテルを着た役人や、帽子を冠《かぶ》った人も珍しがられなくなり、やがて新聞がこの高原の村々にも配られだした。

香苗は桂円寺にはいなかった。

いつかの日、信之助と別れた二岐道《ふたまたみち》の畔《あぜ》に、小さな草庵《そうあん》を建て、朝夕を静かな看経に送り迎えしていた。……ときおり彼女の頰には涙の跡があったけれど、眉《まゆ》にも眼許《めもと》にも、今は心の落着いた静かさが溢《あふ》れている。たとい少しばかり愁いと哀しみの色が現れたとしても、却《かえ》ってそれは慈悲の光を加えるとしか見えなかった。

清国《しんこく》との戦争が布告されたとき、香苗は高原から下りて、街道の町はずれにささやかながら一棟の救護院を建てた。……ようやくゆききの繁くなった旅人たちのなかで、貧しい人々には食を与え、病者には薬と部屋とを与えるためである。

それからのち数年のあいだ、香苗は朝早く草庵を出て救護院へ通った。……そこには常に二人から十人までの貧しい旅の病人が引取られていた、多くても十人は越さなかったし、少ないときでも二人より欠けたことはなかった。

或《ある》早春の朝、彼女が救護院へ行くと、そこには前日までいた二人の姿がなくて、新しい一人の老人が寝かされていた。

「珍しいこと、一人だけになりましたね」

「はい、昨日までいたあの二人は一緒に出て行きました、そのあとでこの老人が運ばれて来たのです」世話役の老婆が粥《かゆ》を作りながら答えた。……月心尼《げっしんに》（香苗の法名）は静かに病人の枕許へ近寄って見た。老人の髪は銀のように白く、額には斜めに刀痕《とうこん》があった、……上品な眉と唇許が、その刀痕と共に老人の身分を語っているように思われた。彼はよく眠っていた。

「普通の御病人とは違うようでございますよ」

老婆が囁《ささや》くように云った、「お召物も立派ですし、お口の利《き》きぶりも御様子も上品でございますの、そしてお供の人を伴《つ》れていたようなお話でございましたが。……お気の毒なことに頭を悪くしておいでだそうで、そのお供さんともはぐれ、此処《ここ》まで来て病気におなりなすったのでございますね」

「それはお気の毒な……」

月心尼がそう頷《うなず》いたとき、その老人が不意に床の上へ起き直った。……あまり突然だったので、月心尼も老婆もあっと胸を衝《つ》かれた。

「ああ見える」

老人は大きな眼を瞠《みは》りながら叫んだ、「……錦《にしき》の御旗《みはた》が、……砲煙の向うに、槍《やり》や刀がきらきらと光っている向うの方に、朱《あか》い朱い、美しい錦の御旗が見える」

「若《も》し、……若し、どうなされました」

月心尼は急いで側へ寄った。「……心をお鎮《しず》めなされませ、此処は甲斐国の田舎町《いなか》でございます、戦はもう昔のことでございますよ、大砲も刀も槍も此処にはないのですよ」

老人は振返って彼女を見た。……なんの色もない、虚《うつ》ろな眼であった。彼はまじまじと月心尼の顔を見戍《みまも》っていたが、やがて寂しそうに首を振りながら云った。

「なにか、云ったのですね。……失礼でした、すっかり頭が狂っているものだから。……自分でも訳の分らぬ言《こと》を云うのです、時々。……恐らくまたあの戦の時のことを申したのでしょう」

「戦争でお怪我をなすったのですね」

「そうです、伏見の戦でした、敵の砲弾にはね飛ばされて」

「伏見。……伏見の戦で砲弾に……」

月心尼は突き飛ばされたように身を退いた。忘れることの出来ない言葉である、それは既に遠い昔のことであった、秋の日盛りに訪ねて行ったあの村の青年から聞いて、もう三十余年の月日が経っている。……けれど月心尼の心にはまだ昨日のことのように生々しく残っている言葉だった。

「あなたは鳥羽《とば》で、鳥羽で戦ったのですね、鳥羽の戦で大砲の弾丸に。……それでは若しや、若しやあなたは、信之助さまではございませんか、清水信之助さまでは」

「信之助……清水……」

老人はけげんそうに首を振った、「……私の名は松本吉雄《まつもとよしお》と云います、それに、……そういう名の人は知りません」

「よく考えて下さいまし」

月心尼は力を籠《こ》めて云った、「心を鎮《しず》めてよく思い出して下さい、あなたは信之助という名に覚えはありませんの？　ずっと昔、霧のふかい朝、香苗という娘と別れたことはありませんの、必ず帰って来ると云って、また会う日の約束に辛夷《こぶし》の花を一輪ずつ、お互いに持ち合って別れたことはございませんか」

老人は昵《じっ》と眼をつむっていた。そして暫《しばら》くすると静かに首を振って云った。

「御尼僧。……あなたも、誰かを待っておいでなのだな」

「…………」

「出来ることなら私は、その人だと云ってあげたい、けれど。……私にも捜している者がいるのだ、あなたが待っているように、私にも私を待っていて呉れる者がある。……私は大野《おおの》将軍の副官として些《いささ》かの働きをした功で、将軍の家に引取られていた、そこにいれば安穏《あんのん》な生涯が送れた。……けれど私は、そこを出て来たのです、私を待って呉れる人に会いたいと思ったからです」

月心尼は老人の言葉を夢のように聞いていた。……聞きながら老人の顔を食い入るように見戍《みまも》った、どこかに信之助の俤《おもかげ》がありはしないかと思ったのである。……けれど、別れて以来殆《ほと》んど四十年になる今では、そして多くの辛酸に揉《も》まれて、遥かに青春から遠ざかっている今では、たとい其人としても直ぐ見分けのつく筈《はず》はあるまい。……月心尼の胸は新しい失望に刺されるような痛みを感じた。……老人は間もなく横になった。

五

その夜、草庵へ帰った彼女は、東京の大野将軍に宛《あ》てて手紙を書いた。松本吉雄という人に就いての問合わせである、書いてしまってから、彼女はそれを出そうか出すまいかに迷った。……そんなことをしても無駄だと思ったのである、月心尼は三日のあいだ、その手紙を机の上に置いたままにしていた。然《しか》し、そのとき汽車が初めて甲府の町まで延びて来て、郵便が一日で東京へ行くことを知った。

彼女は手紙を出した。

そして其日から草庵に籠《こも》ってしまった、返事の来るまでは外へ出る気もしなかったのである。……霧の下りて来る季節で、朝な朝な、草庵の周囲は灰白色の帷《とばり》に包まれた、そして日が高く昇ると、雪のある甲斐駒の嶺が眩《まぶ》しくぎらぎらと輝いた。……月心尼は草庵のなかに坐《すわ》ったまま、終日看経していた、心は静かに澄んでいたし、眼には仏の慈悲を思わせる浄光が溢れていた。

その朝もふかい霧だった。

一人の配達人が東京からの返事を持って来た。……月心尼はそれを草庵の門口で受取り、静かに庵室へ入って封を切った。……手紙は将軍の直筆で認《したた》められたものであった。

松本吉雄は自分が鳥羽の戦場で拾った男である、そういう書出しであった。……敵の集中砲弾にはねられて頭をやられ、すっかり記憶力を無くしているが、勇敢な兵士として自分の部下でよく働いた。そして薩南《さつなん》の乱には自分の身代りになって、敵の狙《そ》撃弾《げきだん》のため胸を射抜かれた。……彼の右胸にある弾痕が、自分の命を助けて呉れた記念である。……彼は尋ね人があるからと云って自分の許を去ったが、不自由な身だから、若《も》し其地で困っているようなら是非面倒をみて貰《もら》いたい、此処に僅《わず》かながら金を封入する。

――そう書いた文面の末に、彼はもう自分の名も忘れているが、本名は清水信之助と云う者である。

と筆太に認めてあった。

「ああ、……」

月心尼は苦しげな声をあげた。……そしてその声よりも早く、彼女は立って、ふところから古びた紙包を取出した。

辛夷《こぶし》の花の包である。

月心尼は草庵を出た。走るまいと勉《つと》めたけれど、いつか気付くと走っていた。なにも思わず、なにも見えなかった。ただ足に任せて道を急いだ。

「ええあの御病人は、……」

四、五日見えなかった月心尼を迎えて、世話役の老婆は静かに答えた、「……ゆうべ、さようです、ゆうべ暗くなってから、ひょいと向うへ出掛けておいでなされましたですよ」

「…………」

「さようです、ひょいと行っておしまいになりましたですよ、誰かあの人を待っているからと仰有《おつしや》いましてね。……月心さま、ですからもう一人も此処には居りません、この救護院はじまって以来のことでございますが、一人もいなくなりましたですよ」

月心尼はなにも云わなかった。

草庵へ帰る道はまだ霧に包まれていた。吹き下りて来る濃霧は、彼女の軀《からだ》を取巻いて渦のように揺れあがり、押戻したり千切れたりしながら流れ去って行った。月心尼の頰には泪《なみだ》が縞《しま》をなしていた。けれど、いま彼女の泣いている顔には、これまでながいあいだ静かな、慈悲の微笑をたたえていたよりも明るく、活々《いきいき》とした望みの色が満ちていた。

「信之助さまは帰って来ます」

月心尼は、いや香苗は、そのかみ信之助と別れた道の上へ来ると、じっと眼を閉じながら呟《つぶや》いた。「……きっと、きっと、信之助さまは此処へ帰っていらっしゃる」

突然、彼女の閉じた瞼《まぶた》の裏へ、あの日の信之助の姿が歴々《ありあり》と浮かんで来た。……別れた直ぐあとでも思い浮かべることの出来なかった信之助の姿が。……香苗はそのとき初めて、信之助を自分の手に取戻したように思った。

編集後記

本書は、山本周五郎が幕末期を舞台に書いた、いわゆる「幕末小説」の傑作集です。

「幕末小説」といえば、坂本龍馬などの勤皇の志士たちや、近藤勇などの新撰組の面々など、華やかな主人公には事欠かないのですが、ここでも、山本周五郎は、そういう表舞台の登場人物たちに目を向けることなく、時代の激動に巻き込まれながらも、至誠を貫こうとする、無名の人たちを、多く取り上げています。

本書に収録した八篇の中で、「染血桜田門外」は、他篇と比べ読み味の違う作品となっています。この作品は一九二七年（昭和二年）に書かれたものですが、評論家の木村久邇典《くにのり》氏によると初出時は村上幽鬼《むらかみゆうき》という筆名で書かれたそうです。

山本周五郎は、一九二四年に帝国興信所（現在の帝国データバンク）に就職します。当初、文書部に籍を置きますが、その子会社だった日本魂社に籍を移し、『日本魂』という雑誌を編集するかたわら、同誌に「茅寺由来」や「白魚橋の仇討」などの佳作を書いていました。「染血桜田門外」も、その内の一作です。まだ二十代の前半だった山本周五郎には習作という意識があったのでしょうか、異なる筆名を使い作品を発表しています。

山本周五郎は、帝国興信所を六年足らず勤めたところで解雇されてしまいます。帝国興信所の創業者である後藤武夫は、先見の明がある経営者だったのですが、武芸者としての宮本武蔵の信奉者でもありました。権威というものに反発せずにはいられない山本周五郎は、この宮本武蔵の在り方を快く思っていませんでした。前述した「茅寺由来」は掌篇小説ともいうべき短い小説ですが、その中で、宮本武蔵の権威主義を笑い物にしています。

このことが、社長の逆鱗《げきりん》に触れ、山本周五郎が解雇される一因となったという逸話を木村久邇典氏は紹介しています。この「茅寺由来」に書かれたテーマは、のちに山本周五郎の自信作「よじょう」に活《い》かされています。

歴史の中で光の当たることのない人に目を向け続けた山本周五郎。幕末という動乱の時代に翻弄され生きた人々の物語としてこの八篇を編みました。ところで、幕末期を描く山本周五郎は、どちらかというと勤皇寄りだったようにも思われます。

（文庫編集部）

初出一覧

「長州陣夜話」　『キング』（大日本雄辯会講談社）　昭和十一年八月号
「米の武士道」　『講談雑誌』（博文館）　昭和十七年二月号
「失蝶記」　『別冊文藝春秋』（文藝春秋）　昭和三十四年十月
「峠の手毬唄」　『少女倶楽部』（大日本雄辯会講談社）　昭和十四年二月増刊号
「鳥」　『少女之友』（実業之日本社）　昭和十五年二月号
「城中の霜」　『現代』（大日本雄辯会講談社）　昭和十五年四月号
「染血桜田門外」　『日本魂』（日本魂社）　昭和二年四月号
＊初出時、村上幽鬼名義で発表。
「春いくたび」　『少女之友』（実業之日本社）　昭和十五年四月号

山本周五郎《やまもとしゅうごろう》

1903年6月22日、山梨県に生まれる。本名・清水三十六《さとむ》。1907年、東京に転居。1910年、横浜市に転居。1916年、小学校卒業後、東京、木挽町《こびきちょう》(現・銀座)の質屋・山本周五郎商店に奉公、後に筆名としてその名を借りることになる。店主の山本周五郎の庇護のもと、同人誌などに小説を書き始める。1923年、関東大震災により山本周五郎商店が罹災《りさい》し、いったん解散となり、豊岡、神戸と居を移すが、翌年、ふたたび上京する。1926年、「文藝春秋」に『須磨寺附近』を発表し、文壇デビュー。その後不遇の時代が続くが、1932年、雑誌「キング」に初の大人向け小説となる『だだら団兵衛』を発表、以降も同誌などにたびたび寄稿し、時代小説の分野で認められる。1942年、雑誌「婦人倶楽部」に『日本婦道記』の連載を開始。1943年に同作で第十七回直木賞に推されるがこれを辞退、以降すべての賞を辞退した。代表的な著書に、『正雪記』(1957)、『樅ノ木は残った』(1958)、『赤ひげ診療譚』(1959)、『五瓣の椿』(1959)、『青べか物語』(1961)、『季節のない街』(1962)、『さぶ』(1963)、『ながい坂』(1966)など、数多くの名作を発表した。1967年2月14日、肝炎と心臓衰弱のため仕事場にしていた横浜にある旅館「間門園《まかどえん》」で逝去。

昭和40年（1965年）、横浜の旅館「間門園」の
仕事場にて。（講談社写真部撮影）

本書は、これまで刊行された同作品を参考にしながら文庫としてまとめました。旧字・旧仮名遣いは、一部を除き、新字・新仮名におきかえています。また、あきらかに誤植と思われる表記は、訂正しております。

作中に、現代では不適切とされる表現がありますが、作品の書かれた当時の背景や作者の意図を正確に伝えるため、当時の表現を使用しております。

幕末物語《ばくまつものがたり》　失蝶記《しつちようき》

山本周五郎《やまもとしゅうごろう》

講談社文庫

定価はカバーに
表示してあります

2019年1月16日第1刷発行

発行者――渡瀬昌彦
発行所――株式会社　講談社
東京都文京区音羽2-12-21　〒112-8001
電話　出版（03）5395-3510
　　　販売（03）5395-5817
　　　業務（03）5395-3615

Printed in Japan

デザイン―菊地信義
本文データ制作―講談社デジタル製作
印刷―――豊国印刷株式会社
製本―――株式会社国宝社

ISBN978-4-06-513695-9

講談社文庫刊行の辞

二十一世紀の到来を目睫に望みながら、われわれはいま、人類史上かつて例を見ない巨大な転換期をむかえようとしている。

世界も、日本も、激動の予兆に対する期待とおののきを内に蔵して、未知の時代に歩み入ろうとしている。このときにあたり、創業の人野間清治の「ナショナル・エデュケイター」への志を現代に甦らせようと意図して、われわれはここに古今の文芸作品はいうまでもなく、ひろく人文・社会・自然の諸科学から東西の名著を網羅する、新しい綜合文庫の発刊を決意した。

激動の転換期はまた断絶の時代である。われわれは戦後二十五年間の出版文化のありかたへの深い反省をこめて、この断絶の時代にあえて人間的な持続を求めようとする。いたずらに浮薄な商業主義のあだ花を追い求めることなく、長期にわたって良書に生命をあたえようとつとめるところにしか、今後の出版文化の真の繁栄はあり得ないと信じるからである。

同時にわれわれはこの綜合文庫の刊行を通じて、人文・社会・自然の諸科学が、結局人間の学にほかならないことを立証しようと願っている。かつて知識とは、「汝自身を知る」ことにつきていた。現代社会の瑣末な情報の氾濫のなかから、力強い知識の源泉を掘り起し、技術文明のただなかに、生きた人間の姿を復活させること。それこそわれわれの切なる希求である。

われわれは権威に盲従せず、俗流に媚びることなく、渾然一体となって日本の「草の根」をかたちづくる若く新しい世代の人々に、心をこめてこの新しい綜合文庫をおくり届けたい。それは知識の泉であるとともに感受性のふるさとであり、もっとも有機的に組織され、社会に開かれた万人のための大学をめざしている。大方の支援と協力を衷心より切望してやまない。

一九七一年七月

野間省一

講談社文芸文庫

中村真一郎
この百年の小説 人生と文学と
解説＝紅野謙介
漱石から谷崎、庄司薫まで、百余りの作品からあぶり出される日本近現代文学史。博覧強記の詩人・小説家・批評家が描く、ユーモアとエスプリ、洞察に満ちた名著。
なJ3
978-4-06-514322-3

中村真一郎
死の影の下に
解説＝加賀乙彦　作家案内・著書目録＝鈴木貞美
敗戦直後、疲弊し荒廃した日本に突如登場し、「文学的事件」となった斬新な作品。ヨーロッパ文学の方法をみごとに生かした戦後文学を代表する記念碑的長篇小説。
なJ1
978-4-06-196349-X

2018年12月15日現在